AIDEN JONES

1. La Marque

Dans la collection
Mondes Infinis

Axel Valker, Laurence Erwin
(série en deux tomes) :
1. L'Arbre de Vie
2. La Légende Noire

Forestelle, Aline Maurice (trilogie) :
1. La Cité Verte
2. Preciosie
3. Les Fidèles (à paraître)

Génération Captive, Axelle Colau (roman)

Aiden Jones, Catherine Loiseau (trilogie)
1. La Marque
2. Le Collegium (à paraître)
3. Les Reines (à paraître)

Aiden Jones

1. La Marque

Catherine Loiseau

Mondes Infinis

Au Loup Éditions

Chapitre 1

Quatre shillings

Une chaleur de plomb s'était abattue sur Londres et le soleil cuisait la ville de ses rayons implacables. Aiden aurait préféré rester à l'abri pour la journée, mais sa minuscule chambre, juste en dessous des toits, menaçait de se transformer en fournaise. Il sortit de son antre au petit matin et s'engagea dans l'escalier escarpé. Le bois grinça tandis qu'il atteignait le premier étage. Ed et Teddy, les autres locataires, n'étaient pas encore rentrés de leur travail de nuit à l'usine, comme en témoignait l'absence de bruit derrière leur porte.

C'était une autre histoire au rez-de-chaussée, par contre. Alors qu'il descendait les dernières marches et avançait dans le couloir qui longeait la cuisine, il entendit de puissants ronflements, du genre à faire trembler les murs. Doreen, la logeuse et propriétaire de la pension, dormait et n'aimait guère qu'on la réveille.

Aiden s'efforça donc de faire le moins de raffut possible quand il ramassa son paquetage dans l'entrée. Heureusement pour lui, il était petit et mince. Très discret, il marchait presque sans bruit. Il jeta le sac sur son épaule, enfila ses bottes, récupéra son harpon et sa lanterne, avant de se glisser à l'extérieur. La pension se nichait au fond d'une cour d'ordinaire fraîche et ombragée. Malgré tout, la chaleur saisit le garçon à la gorge, tout comme les odeurs qui montaient : vase séchée, ordures, fumée grasse des usines… Le parfum de ce Londres de 1880… Aiden quitta la cour et s'engagea dans les rues du quartier.

Beaucoup de fenêtres des hautes et étroites maisons étaient ouvertes. Une femme, assise sur le pas d'une porte, tentait de se rafraîchir avec un éventail de dentelle bon marché. Elle le regarda d'un œil fatigué. Il la salua et passa son chemin. Il remonta vers le nord jusqu'à arriver à la Tamise. Le fleuve empestait par cette chaleur. Certes, on n'atteignait pas les niveaux de la Grande Puanteur de 1858 – Doreen se plaisait à raconter que l'odeur était si forte qu'elle en avait semblé solide – mais ça refoulait sérieusement. Enfin… Aiden commençait à avoir l'habitude de ce genre de désagréments. Il arrangea quand même son foulard sur son nez et traversa rapidement Waterloo

Bridge, ne s'attardant pas sur la vue qu'il offrait sur la Tamise ni sur sa pierre noircie, qui témoignait des violents affrontements survenus lors de la Jonction.

De l'autre côté du fleuve, Londres s'animait. Une marchande de coquillages le héla alors qu'il passait.

— Douze coques pour un penny ! clama-t-elle.

Il déclina poliment. Quelques pièces tintaient bien au fond de sa poche, mais il n'avait surtout pas envie de risquer l'indigestion en mangeant des coquillages par cette chaleur. Aiden zigzagua dans les rues, esquivant les vendeurs de tout poil et les éventuels pickpockets. Il remonta jusqu'à atteindre Oxford Street. La vaste avenue commerçante s'éveillait. Les boutiques – drapiers, tailleurs, quincailliers, libraires, épiciers – ouvraient et on appelait le client. Aiden se faufila au travers d'un groupe de domestiques venus faire les courses pour leurs maisonnées. Les cochers de fiacre se hélaient et certains échangeaient déjà quelques injures.

Un air frais s'échappait de quelques magasins plus luxueux que les autres. Il lorgna vers ces intérieurs avec envie. Les propriétaires avaient de quoi se payer un chauffage à énergie magique, qui garantissait une douce chaleur en hiver et une agréable fraîcheur par ces jours de canicule. D'ailleurs, les promeneurs se pressaient dans ces échoppes, plus désireux de s'abriter de la fournaise ambiante que vraiment intéressés par les produits qu'ils offraient. Aiden regarda une troupe de femmes dans une parfumerie. Toutes ces robes aux longues manches et aux cols hauts, ces jupes volumineuses, ces larges chapeaux… Il ne comprenait pas comment elles arrivaient à résister aux températures, alors qu'il cuisait déjà dans son pantalon de toile et sa chemise légère.

Un grondement attira son attention et lui fit lever la tête. Un dirigeable survolait la capitale, ses moteurs lâchant une fumée d'un bleu irisé. Aiden, fasciné, regarda passer l'engin aux lignes élégantes, dont la carrosserie argentée miroitait sous le soleil. Ce n'était pas un spectacle si rare, mais il ne s'en lassait pas.

Il suivit des yeux l'engin jusqu'à ce qu'il disparaisse derrière les toits de la ville, puis décida de se secouer. Il n'avait pas toute la journée et voulait en finir avant que la chaleur ne devienne trop étouffante. Il remonta Oxford Street jusqu'à un croisement où il tourna, et s'aventura à travers les rues. Il atteignit enfin l'endroit qu'il cherchait. Aiden s'arrêta devant la bouche d'égout et essuya la sueur qui dégoulinait le long de son visage. Bon sang, cette marche l'avait épuisé.

Aiden déballa son paquetage, enfilant d'abord son pantalon, puis son paletot, sorte de cape faite dans un cuir huilé. Les lourds vêtements le firent instantanément transpirer par cette chaleur déjà écrasante. Cela dit, il ne pouvait se passer de ses meilleures protections. Il vérifia ses fermetures, attacha ses couteaux de lancer à sa ceinture, fixa sa lampe sur son front.

Il tira de sous sa chemise une chaîne au bout de laquelle se balançait une plaque. Elle certifiait son appartenance à la guilde des chasseurs et lui permettait l'accès aux égouts. Le garçon l'inséra d'ailleurs dans un interstice prévu à cet effet dans la bouche. Il tourna la plaque, déverrouillant la trappe.

La puanteur, amplifiée par la chaleur, qui montait des entrailles de la ville l'agressa si violemment qu'il tituba. Certains chasseurs lui avaient dit qu'on finissait par s'y accoutumer ; cela faisait déjà presque trois ans qu'Aiden exerçait ce métier, et il doutait de s'y habituer un jour. Le garçon cala bien son foulard sur son nez et attrapa les barreaux de l'échelle.

Par bonheur, cet accès ne descendait qu'à quelques pieds sous terre au lieu de s'enfoncer dans les profondeurs. Aiden posa le pied sur le parapet de briques et, d'un mouvement habile de son harpon, referma la trappe qui l'avait amené là. Il ne voulait pas qu'un passant distrait se casse la jambe.

Il se retrouva dans des ténèbres uniquement troublées par un filet de lumière provenant de la trappe.

Le garçon tourna une molette sur sa lampe frontale. Elle grésilla avant d'émettre une lueur bleutée. Une nouvelle fois, Aiden remercia son oncle pour tout ce qu'il lui avait appris et pour lui avoir légué son matériel. Surtout pour cette lampe magique. Certes, l'huile qu'elle brûlait pour fonctionner coûtait cher, mais la flamme générée ne craignait pas l'eau et éclairait bien mieux qu'une lanterne. Sans compter qu'elle lui permettait de garder les mains libres. Et puis, posséder un tel objet magique avait un côté luxueux qui lui rappelait au quotidien son objectif.

Aiden prit quelques secondes pour que ses yeux s'habituent, et il s'orienta vers l'un des bouts du passage. Il atteignit un tunnel parcouru d'un filet d'eau sombre et puant. Le garçon ignora l'odeur et descendit jusqu'à un connecteur. L'endroit était haut de plafond et avait presque des allures de cathédrale. Se croisaient là plusieurs souterrains de forme ovale. D'une bouche filtrait un peu de lumière du jour. Des ruisseaux, venus des différents quartiers de Londres, se déversaient. Aiden prit un instant pour repérer le sens du courant, puis il suivit la même direction. Les passages ici étaient un peu plus grands, on avait pu y construire des parapets, ce qui lui évitait de mouiller ses bottes. Il avança ainsi, la main sur la brique et le ciment, jusqu'à atteindre un nouveau couloir et un autre connecteur. Mais celui-là différait du premier : de la lumière en émanait. Une lueur bleutée semblable à la lampe du garçon. Un sourire étira ses lèvres. Ils campaient au même endroit que la dernière fois. Ces jours de repérage et d'affût avaient porté leurs fruits.

Aiden éteignit sa flamme, se plaqua contre la paroi et s'approcha avec précaution. Au fur et à mesure qu'il progressait, des sons lui parvinrent : des cris poussés par de minuscules bouches.

Il arriva à la grotte formée par la jonction des tunnels. Une assemblée de *critters*[1] se trouvait là. Il y avait des fées aux ailes irisées, deux gnomes grincheux, qui pilotaient une sorte de radeau de fortune. Des lutins à la peau bleue se disputaient un quignon de pain. Des *brownies*, semblables aux lutins, si ce n'était leur teint sombre et leurs cheveux flamboyants, sommeillaient en un tas. Un joli essaim de créatures féériques, typique de la faune londonienne, qui émettait cette fameuse lumière bleue magique… Pour l'heure, une partie de ce petit monde dormait. Les autres se partageaient les restes du butin : rats chassés dans les souterrains, pain et fromage volés en surface. Le ton monta entre une fée et deux lutins. Un *brownie* et un gnome se mêlèrent à la partie et, bientôt, leurs piaille-

1. *Critter* : en anglais, bestiole, créature nuisible.

ments, pires que ceux d'une volière, assourdirent le garçon.

Aiden prépara son harpon et ses couteaux de lancer. Il prit une inspiration pour rassembler ses forces et fondit sur les créatures. Les guetteurs, deux lutins, le repérèrent en premier et alertèrent leurs congénères par des hurlements aigus. Il jeta ses cinq couteaux. Fins comme des aiguilles et longs comme sa paume, chacun fit mouche et cloua un critter au radeau. Déployant leurs ailes, les fées lui foncèrent dessus. L'une d'elles tendit la main vers lui et un aiguillon de glace jaillit de ses doigts pour frapper le chasseur. Les autres optèrent pour des boules de feu. Malgré leur petite taille, elles pouvaient se révéler dévastatrices et blesser gravement. Aiden évita leurs attaques d'une habile pirouette. Il s'abaissa juste à temps pour esquiver les éclairs qu'un lutin lui lançait. D'un coup de son harpon, il le frappa et pivota, le manche de son arme fouettant les airs. Deux fées furent fauchées. La dernière lui sauta à la gorge, le visage déformé par la rage, les lèvres retroussées sur des dents acérées. Il leva un bras en protection. La fée mordit sauvagement le cuir épais du paletot. Il la repoussa d'un mouvement et l'envoya heurter un mur.

Une partie des critters avait déjà fui. Un gnome tenta de lui poignarder les jambes avec un couteau improvisé, constitué d'un manche en tôle et d'un bout de lame rouillée. Aiden para et embrocha la féroce créature de son harpon. D'un geste fluide, il récupéra le corps et le jeta dans son sac.

Trois nouvelles fées l'attaquèrent en piqué. Il se baissa et recula d'un bond. Une boule de feu lui roussit les cheveux. Une autre s'écrasa sur son manteau. Il glapit tandis que la troisième fée l'assaillait d'une flèche de glace qui se ficha dans son cou. Aiden reprit de la distance, faisant des moulinets de son arme. Les fées fondirent sur lui. Il en intercepta une, la deuxième tenta de le mordre au bras, avant de battre en retraite. La troisième se montra plus maligne : elle passa sa garde pour le mordre à la joue. Il cria quand ses dents acérées s'enfoncèrent dans sa chair. Il secoua la tête pour déloger la créature. Pendant ce temps, un *brownie*, lui aussi avec un poignard improvisé, lui sauta dans le dos. Il sentit la lame érafler le cuir de son manteau. Il se rejeta en arrière, écrasant le *brownie* contre le mur. La fée lâcha enfin sa prise et s'enfuit à la suite des autres. Le silence retomba dans les tunnels, alors que les derniers critters s'éparpillaient dans les couloirs. Leur lumière diminua peu à peu. Aiden ralluma sa lampe. Inutile de les poursuivre, ils étaient déjà trop loin.

Le garçon alla récupérer ses couteaux et les corps

des critters. Quatre fées, un *brownie*, trois gnomes et trois lutins. Autant de nuisibles qui ne pollueraient plus Londres, n'attaqueraient plus les passants la nuit et ne voleraient plus la nourriture. Il ramassa les dépouilles et les glissa dans son sac.

Il repartit en sens inverse, retraçant le même chemin qu'à l'aller. C'était l'une des habitudes que lui avait inculquées son oncle James quand il lui avait appris à chasser. Il était aisé de se perdre dans ce labyrinthe de tunnels et bien que, depuis, Aiden ait depuis mémorisé les routes principales sous la direction de James, il préférait garder cette habitude.

Aiden regagna la surface et aspira à grandes goulées l'air frais. Enfin frais… façon de parler, car le soleil était désormais bien haut dans le ciel et la chaleur était insupportable.

Un mouvement lui fit relever la tête. Deux policiers londoniens, les fameux *bobbies*, avec leur uniforme noir et leur casque vissé sur le crâne, arrivaient en sens inverse. Ils s'arrêtèrent devant Aiden qui les salua avec respect.

— Messieurs… dit-il.

Le plus âgé du duo, un moustachu qu'Aiden avait déjà vu patrouiller dans le secteur, lui demanda :

— Tu es chasseur de critters, petit ?

« Non, je me promenais et je suis tombé dans les

égouts », faillit répondre Aiden. Il se contenta d'un simple et poli :

— Oui, monsieur.

— On peut voir ta plaque ?

Le garçon tira la chaîne de sous sa chemise, la passa par-dessus sa tête et la tendit aux policiers. Le plus vieux l'examina, tandis que l'autre fixait Aiden. Celui-ci ne put s'empêcher de loucher avec nervosité vers la matraque du *bobby*. Un dispositif sur le côté permettait de la charger en énergie magique. Elle délivrait ainsi des chocs qui pouvaient étendre même les plus costauds. Il avait vu ce genre de joujoux en action, notamment lors d'un mémorable contrôle d'identité. Les faux permis de chasse qui circulaient étaient nombreux. Les chasseurs sans autorisation également. Les *bobbies* les traquaient, mais certains rackettaient aussi ceux qui étaient en règle. C'était arrivé deux fois à Aiden au cours des mois précédents et la somme que les policiers lui avaient extorquée avait plombé un budget déjà serré. Il patienta avec une certaine anxiété.

Mais ceux-ci étaient honnêtes, car le moustachu rendit son insigne à Aiden. L'autre lui adressa même un sourire encourageant.

— C'est bien, petit, heureusement qu'il y a des vaillants comme toi pour nous débarrasser de ces vermines. Mon dernier a attrapé une maladie, cet hiver, à cause de la morsure d'un lutin. Il a bien failli y passer. Alors, continue à chasser, mon garçon.

— Merci, m'sieur, répondit-il.

Les *bobbies* s'éloignèrent et il respira mieux. Il referma la bouche d'égout et se hâta vers une pompe à quelques rues de là. Il commença par boire de longues gorgées rafraîchissantes, puis nettoya son équipement qui sécha en quelques minutes. L'avantage de cette fournaise... Aiden retira le pantalon et le manteau, les replia avant de les ranger. Il était en nage et ne rêvait que de se terrer dans un coin à l'ombre. Malgré tout, il avait à faire. Calant son sac sur son épaule, il s'engagea de nouveau dans les rues de Londres.

Aiden remonta vers Oxford Street. En dépit de la chaleur, l'activité battait son plein. Les vendeurs tentaient d'attirer les promeneurs. L'estomac du jeune garçon gronda alors qu'il passait devant l'étal d'un marchand de tourtes. Il ignora du mieux qu'il put les odeurs alléchantes, avant de succomber et d'acheter une *mince pie,* qu'il dévora en quelques bouchées. S'essuyant les mains sur son pantalon, il tourna dans une rue. Quelques commerces s'ouvraient là. Il passa la vitrine d'un apothicaire qui sortit pour l'appeler.

— Hé, petit ! Tu es chasseur de critters, non ? Alors, viens me voir ! J'ai des potions pour toi !

Aiden ne répondit pas et poursuivit sa route. Le comptoir se situait à l'angle de deux rues. Sa large devanture de bois proclamait « Guilde des chasseurs de critters de la Reine Victoria ». En dépit du titre ronflant, la peinture s'écaillait et les carreaux n'auraient pas volé un bon coup de chiffon. Il poussa la porte, faisant tinter le carillon. Les yeux figés de dizaines de critters empaillés parurent le fixer. Le garçon frissonna malgré lui et se faufila entre les étagères remplies de bestioles plus effrayantes les unes que les autres jusqu'à atteindre le comptoir au fond.

Le gérant, un homme obèse au visage disparaissant sous d'épais favoris gris, affalé sur une chaise, se redressa d'un bond. Aiden songea qu'une nouvelle fois, il avait dû le tirer de sa sieste quotidienne. Il s'efforça d'avoir l'air humble.

— Bonjour, m'sieur Smith, salua-t-il le responsable.

Celui-ci lui adressa un regard ensommeillé.

— Le p'tit Aiden, commenta-t-il.

Son ton était tellement blasé que le jeune chasseur aurait bien été en peine de dire s'il était content ou agacé de le voir.

— Je viens faire évaluer mes prises et récupérer la prime, annonça Aiden.

Mr Smith étouffa un bâillement, mais l'invita à s'avancer d'un geste de la main.

— Voyons voir un peu ce que tu as là…

Aiden vida son sac sur le comptoir. Mr Smith attrapa une fée et la retourna dans tous les sens, avant de saisir l'un des lutins et de lui faire subir le même examen. Le garçon attendit, rongeant son frein. Son regard se perdit sur les affiches épinglées sur les murs. Il les connaissait assez pour pouvoir les lire rapidement « Les critters : pires que les rats », « Nettoyez votre ville, chassez les critters », « Ne nourrissez pas les critters ». Les couleurs, anciennement vives, étaient ternies et donnaient aux pancartes un aspect sinistre.

Le gérant termina enfin son analyse et gratta son ventre rebondi.

— Mouais… les fées sont pas bien grosses, finit-il par lâcher.

— Elles sont en très bon état, répliqua-t-il, et elles sont jeunes.

— Celle-là a des rides, objecta Mr Smith.

— Non, regardez leurs petites dents.

— Les lutins sont jolis, je te l'accorde. On pourra en extraire pas mal de fluides. Mais les gnomes, c'est pas folichon.

— Quoi ? se récria Aiden.

— Ils devaient marcher avec une canne !

— Ces monstres m'ont sauté à la gorge ! Mr Smith, un peu de sérieux, s'il vous plaît !

L'intéressé lui adressa un regard sévère.

— Et ce *brownie*. Plus maigre que ça, tu meurs.

Le jeu se poursuivit un moment : l'employé de la guilde tentait de diminuer la valeur des prises, tandis que le chasseur en vantait la qualité. Enfin, essayait. Aiden manquait d'assurance et en avait cruellement conscience. Les autres arrivaient toujours à faire croire qu'ils venaient de capturer un essaim complet, même quand ils ramenaient trois pauvres pixies. Aiden, lui, peinait à se vendre.

La négociation s'étira laborieusement. Pour finir, Mr Smith coupa court à la conversation en attrapant un énorme registre qu'il posa sur le comptoir. Il l'ouvrit à la dernière page.

— Alors, les taux de la semaine… pour les fées, pour les lutins et les gnomes, pour les pixies, ce qui nous fait… allez, je vais être bon prince, quatre shillings.

— Quatre shillings ? s'étrangla Aiden. Vous m'avez offert le double pour presque les mêmes prises il y a deux semaines !

— C'était il y a deux semaines.

— S'il vous plaît, Mr Smith !

Derrière ses sourcils broussailleux, Mr Smith lui adressa un regard lourd de sens, puis il pivota le registre vers Aiden.

— C'est pas moi qui fixe les taux, petit...

Devant le garçon s'étalaient des tableaux à multiples entrées. Aiden plissa les yeux et déchiffra quelques lignes et colonnes : race, âge, poids, conditions... de ces données dépendaient le prix. Mais Mr Smith reprit le livre avant qu'il ait eu le temps de comprendre et calculer. Son oncle lui avait bien appris à lire, écrire et compter, ça ne faisait pas pour autant d'Aiden un expert. Il n'était ni assez bon, ni assez rapide, pour arriver à lire ces fichus tableaux !

— Quatre shillings, ça te convient, petit ?

Le garçon hésita quelques secondes, avant de soupirer et de hausser les épaules.

— J'vous fais confiance, Mr Smith.

Le vendeur afficha un sourire moqueur. Il récupéra les cadavres des critters et passa dans son arrière-boutique, revenant quelques instants plus tard avec un reçu et la somme promise. C'était moins que ce qu'Aiden espérait, il devrait s'en contenter. Il soupçonnait Smith de l'arnaquer, mais tous les tenanciers de comptoir le faisaient et l'homme était l'un des plus honnêtes de sa profession. Cela dit, Aiden aurait bien aimé savoir lire et calculer assez rapidement pour parvenir à déchiffrer ces fichus tableaux.

Le garçon empocha l'argent, salua Mr Smith et sortit. La chaleur de l'extérieur le frappa comme une massue, en même temps qu'une idée traversait son esprit. Il aurait dû dire au gérant que les critters se montraient de plus en plus audacieux, qu'il avait entendu l'autre jour qu'un groupe avait piqué les bijoux d'une duchesse, ou quelque chose de ce genre. Que c'était le devoir du responsable d'un comptoir de Sa Majesté de ne pas laisser cela impuni et de rémunérer les braves chasseurs en conséquence. Bien évidemment, cette jolie tirade lui arrivait maintenant, au moment où il n'en avait plus besoin. Quelle poisse...

Mains au fond des poches, poing serré sur l'enveloppe contenant les quatre malheureux shillings, Aiden reprit la route de sa pension. Avec un peu de chance, il y ferait un peu plus frais.

Aiden passa le pont de Waterloo Bridge en sens inverse. Au loin montaient les fumées bleutées des usines de l'East End. Il tritura les pièces au fond de sa poche. Au moins, il avait échappé à ça, les industries et les chantiers navals, qui employaient la plupart des jeunes gens sans le sou. Il pouvait vivre de la chasse. Enfin, essayer tout du moins. Son défunt oncle disait toujours qu'un bon chasseur travaillait seul, mais qu'un chasseur tranquille travaillait en groupe. Aiden se répétait souvent ces mots mais, pour le moment, n'avait guère envie de les mettre en pratique.

Cela dit, alors qu'il laissait Waterloo Bridge pour entrer dans le quartier de Southbank,

il se demanda si tout cela valait vraiment la peine et s'il ne ferait pas mieux de rejoindre une bande. Certes, les primes étaient moins importantes, car le groupe les partageait. Mais à plusieurs, l'argent arrivait plus régulièrement, et la chasse était beaucoup plus simple. Aujourd'hui, ils auraient pu rentrer dans les souterrains à différents endroits et prendre les critters en tenaille.

Aiden quitta les rues animées pour repartir vers sa pension. Tandis qu'il tournait à un coin, un piaillement sur les hauteurs attira son attention. Le jeune garçon leva la tête juste à temps pour voir une fée disparaître dans une gouttière. Il y avait probablement un nid dans la toiture. Une fenêtre s'ouvrit et une femme apparut, secouant un torchon plein de miettes. Elle ne prêta pas attention à la créature tapie à côté d'elle. Les critters étaient très forts pour passer inaperçus aux yeux des humains normaux. Seuls ceux avec des pouvoirs magiques latents les repéraient. Il songea un instant à aller toquer à la porte de cette femme et lui signaler la présence de la fée. Il renonça. Il faisait bien trop chaud pour ce genre d'exercices.

Aiden avait l'agilité nécessaire pour chasser sur les hauteurs, mais cela voulait dire une traque compliquée et épuisante. Et puis il fallait parler aux habitants pour obtenir un accès à leurs toits et il n'était pas très doué pour cela.

Le garçon repartit donc à sa pension. Doreen se trouvait sur le pas de la porte, occupée à balayer la cour intérieure. Elle se redressa quand elle vit Aiden et le détailla, ses yeux bleus adoptant des nuances orageuses.

— J'aurai de quoi vous payer le loyer de la semaine prochaine, lança-t-il.

Elle hocha la tête, puis s'essuya le front. La chaleur avait rougi son visage et faisait ressortir la balafre livide qui courait depuis sa tempe droite jusqu'à son menton.

— Tu as été chasser, nota-t-elle.

— Oui, Doreen.

Pas de « madame Fitzpatrick » avec elle. À moins d'avoir envie d'une démonstration de son langage plutôt imagé.

— Tu t'es fait mordre, constata-t-elle.

Aiden passa une main distraite sur sa joue.

— Trois fois rien…

Doreen ricana et pointa sa cicatrice.

— Ça aussi, c'était « trois fois rien » au début et j'ai failli y rester. Alors tu vas me faire le plaisir de me nettoyer tout ça. Et puis tu donneras un coup à ton matériel pendant que tu y es. Et à la brosse et au savon ! Te contente pas d'un filet d'eau, ça vaut rien contre les odeurs. J'en ai assez que tu empuantisses mon entrée, est-ce que je me suis montrée bien claire ?

— Oui, Doreen, répondit Aiden d'un ton soumis.

Inutile de discuter avec sa logeuse. Il posa son sac et alla tirer de l'eau à la pompe. Il s'installa dans la cour et astiqua ses bottes, son pantalon et son paletot. L'endroit était ombragé par les hautes maisons, l'air y était presque supportable. Aiden décida d'affûter ses couteaux et son harpon, et huila sa lampe. Il suspendit le tout à sécher avant de regagner sa chambre. Entre-temps, Doreen était rentrée et s'activait dans la cuisine.

— Dîner à sept heures. Sois à l'heure pour une fois ! lui lança-t-elle alors qu'il passait.

— Je n'y manquerai pas !

Vu les gargouillements de son estomac, il ne risquait pas de sauter le repas. Le garçon monta les escaliers escarpés dont les marches grinçaient, jusqu'à atteindre sa chambre. La pièce sous les combles était étroite et étouffante. Aiden ouvrit la fenêtre, non pas que cela fasse grande différence, à vrai dire.

Repoussant les vêtements sales – il faudrait qu'il fasse un tour au lavoir ce dimanche – il s'allongea sur le matelas défoncé qui lui servait de lit et fixa le plafond. Il extirpa de sa poche les pièces.

Quatre shillings. À peine de quoi payer sa chambre, manger et entretenir son matériel, d'autant plus qu'il devrait bientôt racheter de l'huile pour sa lampe. Aiden réprima un grognement agacé. Quoi qu'il essaye, il tirait toujours le diable par la queue. Et pourtant, il avait promis à son oncle, avant sa mort, de ne pas se contenter de cette vie de misère, mais de viser plus haut.

La belle affaire ! Aiden fixa les craquelures au plafond. Certes, il possédait des dons magiques latents qui lui permettaient de voir les critters et qui lui offraient une agilité hors du commun. Mais sans argent pour acheter les potions nécessaires à l'activation complète de ses dons, il n'irait pas bien loin. Et ce n'était pas avec les pauvres shillings qu'il avait gagnés aujourd'hui que la situation allait changer.

Aiden se prit pourtant à rêver du Collegium d'Oxford, qui formait les magiciens impériaux. Il songea à ces immenses bâtiments, où l'on murmurait que les murs bougeaient par magie et que le plafond reflétait la couleur du ciel.

Le garçon se redressa. Inutile de se lamenter. Il avait tout juste quatorze ans et le Collegium acceptait les entrées jusqu'à seize ans. Il avait encore le temps. Deux ans pour réunir la somme nécessaire, une quinzaine de souverains, c'était jouable. Une fois qu'il serait entré au Collegium, il aurait droit à une bourse d'étude, tout serait plus simple à ce moment.

Fort de cette pensée, Aiden entreprit de ramasser les vêtements qui jonchaient le sol. Un éclat de lumière dorée attira son attention. Le soleil de l'après-midi se reflétait dans le petit miroir accroché à l'un de ses murs. Il grimaça en croisant son image. Sa tignasse brune et raide aurait bien eu besoin d'un coup de ciseaux, et la morsure de la fée formait un croissant rouge sur sa peau pâle. Enfin, au moins, cela mettait en valeur le gris de ses yeux… Le garçon soupira. Doreen avait raison, il fallait qu'il fasse quelque chose à ce sujet. Après tout, s'il devait entrer au Collegium, autant ne pas avoir de marques de ce genre…

Chapitre 2

La Prime

La vague de chaleur qui avait frappé Londres avait diminué, rendant la vie un peu plus supportable. Du coup, les rues, notamment Oxford Street, avaient retrouvé leur animation quotidienne en ce début d'après-midi. Aiden désespérait d'ailleurs d'arriver à avancer. Une foule dense occupait le trottoir – une boutique de confiseries ayant décidé d'appâter le chaland avec une dégustation gratuite – et le garçon devait zigzaguer.

— Pardon, pardon, excusez-moi, pardon, répétait-il en boucle.

D'imposantes femmes bloquaient le passage, encombrant la rue avec leurs volumineuses jupes. Avec elles, des demoiselles en sage robe de coton clair tentaient d'accéder quand même aux bonbons proposés par le marchand. Des ouvriers avec des seaux et des pelles essayaient eux aussi de traverser. Le chasseur soupira, puis joua des coudes, s'attirant des exclamations outrées. Il évita d'un pas une femme, vêtue d'une tenue sombre de domestique, qui s'écriait :

— Miss Fairchild ! Miss Fairchild, où êtes-vous ?

Elle pivota sur elle-même et Aiden dut l'esquiver à nouveau. En reculant, il percuta quelque chose, et un cri de surprise retentit derrière lui. Il se retourna et rattrapa au vol par le bras une demoiselle qui tombait. Bon sang ! Il devait vraiment être distrait pour ne pas l'avoir vue. Il la remit bien vite sur pied et bredouilla des excuses. La fille, qui devait avoir à peu près son âge, lui lança un drôle de regard sous son chapeau et ses boucles d'un blond presque roux.

— Miss Fairchild ! Vous êtes là ! cria la femme.

Elle toisa Aiden d'un air sévère.

— Ce malotru vous a bousculée !

Un cercle s'était formé autour de la domestique, de miss Fairchild et d'Aiden. Le garçon déglutit, mal à l'aise en raison des regards pointés sur lui.

— Ce n'est rien, Nanny, déclara la demoiselle. Je me suis emmêlé les pieds. Tu sais comme je suis maladroite.

La gouvernante ne parut pas convaincue par l'explication. Elle attrapa sa protégée par le bras.

— Venez, miss. Terminons les courses, voulez-vous.

Mais l'intéressée se dégagea d'un mouvement souple et s'approcha d'un pas. Elle le dévisagea, avant de sourire et de faire une révérence de fille bien élevée. Rien d'innocent, pourtant, dans le geste : une drôle de lueur brillait au fond de ses yeux d'un bleu teinté de vert.

— Monsieur, je vous remercie d'avoir sauvé ma dignité. Sans vous, je m'étalais de tout mon long.

La gouvernante voulut rattraper l'adolescente et la tirer en arrière. À nouveau, celle-ci se dégagea.

— Eh bien quoi ? lança-t-elle. Je tente de me montrer polie avec ce jeune homme et de faire honneur à ma bonne éducation. Ne dites-vous pas tout le temps que je suis trop brusque avec les gens, Nanny ? Pour une fois que j'essaye de bien faire.

La femme grommela quelques paroles, mais dut s'avouer vaincue. Miss Fairchild reporta son attention sur Aiden, qui eut l'impression soudaine d'être un pixie devant un chasseur.

— À qui ai-je l'honneur, donc ?

— Aiden... Aiden Jones, bafouilla le garçon.

Le sourire de la demoiselle s'élargit.

— Grand merci, alors, Mr Jones.

À nouveau, elle exécuta une révérence. Cette fois, la gouvernante l'attrapa par le bras.

— Cessez de vous donner ainsi en spectacle ou j'en

avertis votre père ! siffla-t-elle.

Aiden crut voir une ombre de peur traverser le visage de la jeune fille. Puis elle haussa les épaules d'un air assuré.

— Je me montrais polie, c'est tout.

Elle tourna les talons et laissa là Aiden, suivant sa nanny. Le garçon respira mieux. Les passants qui s'étaient arrêtés pour observer la scène se détournèrent et repartirent, et il n'était plus le point de mire de tous les regards.

Il rabaissa sa casquette sur sa tête et reprit sa route, se frayant un chemin dans la foule. Malheureusement, il n'était pas au bout de ses peines, car un nouvel attroupement se formait à quelques pas de là. Deux *bobbies* avaient empoigné un homme par le col et le traînaient en direction d'un fourgon blindé. L'infortuné se débattit en criant.

— Non, je vous jure ! Je n'y suis pour rien ! Je n'ai pas volé les bijoux de la comtesse !

— C'est ça. Ils se sont retrouvés dans tes poches tout seuls, railla l'un des policiers.

— C'est un malentendu ! tenta de se justifier l'inconnu.

— Oui, bien sûr. C'est tellement un malentendu que tu t'es senti obligé de filer en courant quand on t'a repéré chez ce revendeur.

La remarque du policier tira des rires de la foule. Quelques-uns sifflèrent le voleur. D'autres l'insultèrent. Rouge de colère et de confusion, il regarda les agents qui l'embarquaient.

— Bon, d'accord, les bracelets et les bagues, c'est moi. Mais je n'ai rien à voir avec la disparition de son collier en or et en diamant !

— C'est ça, c'est ça. Tu t'expliqueras avec le superintendant, mon gaillard.

Sur ces mots, les *bobbies* bouclèrent leur prise dans le fourgon, puis se retournèrent pour disperser la foule. Aiden patienta, tandis que les badauds répugnaient à quitter le lieu d'un spectacle si divertissant. Il repéra d'ailleurs Miss Fairchild plus loin, qui regardait l'incident avec attention, ignorant sa gouvernante qui s'épuisait à l'emmener ailleurs.

L'attroupement formé débordait sur la voie et empêchait les fiacres d'avancer. Les cochers se mirent à crier sur les curieux. Quelques fortes têtes répondirent en se plantant au milieu de la chaussée et en répliquant par des insultes. Les policiers tentèrent de rétablir le calme, mais sans grand succès.

Dans ce tumulte, un pixie sauta du toit d'un véhicule et commença à cavaler sur le pavé. Il tenait serrée contre lui une belle montre dont le cadran d'or étincela au soleil. Aiden attrapa un de ses couteaux et, profitant d'une ouverture, le lança. La lame épingla le critter, le tuant sur le coup. Une femme poussa un cri d'effroi, Aiden la rassura d'un sourire. Les *bobbies* lorgnèrent dans sa direction, puis se détendirent lorsqu'ils le virent récupérer son arme et le corps du pixie, que la mort avait rendu visible à tous.

Aiden ramassa également la montre et sentit cette fois les regards des policiers rivés sur lui. Il était d'un naturel honnête, surtout quand les forces de l'ordre le fixaient aussi intensément. Il alla donc toquer à la vitre d'un fiacre. Le passager était un homme d'un certain âge à la barbe blanche fournie, il portait un complet sombre de bonne facture.

— Votre montre, monsieur, déclara Aiden en lui montrant l'objet.

Le visage de l'inconnu afficha une expression de surprise. Il palpa ses poches, remarquant l'absence de la montre, avant de tendre la main.

— Merci, mon garçon.

Puis il fouilla dans sa veste et lui remit une pièce d'un demi-shilling. Le chasseur le remercia d'un signe de la tête. Finalement, l'honnêteté avait parfois du bon. Il aperçut dans la foule Miss Fairchild qui, au grand désespoir de sa nanny, n'avait pas bougé, et qui lui adressa un large sourire avec un signe. « Drôle de fille », songea Aiden en s'éloignant.

Il traversa les rues jusque chez Mr Smith. Le tenancier dormait une fois encore et la cloche à l'entrée le réveilla en sursaut. Aiden lui amenait une jolie prise : quatre fées, trois gnomes et un *brownie*, dix pixies, onze si on ajoutait celui attrapé sur la route. Mr Smith mit un moment pour calculer les taux. Ceux-ci avaient remonté légèrement - il récupéra six shillings pour sa chasse - mais cela restait timide.

— Les temps sont durs, petit, expliqua Mr Smith. Les caisses du royaume sont vides.

— Ouais. Ils préfèrent dépenser de l'argent pour la guerre ! cracha Aiden, dépité malgré lui.

Le tenancier lui adressa un regard lourd de sens et soupira.

— Que veux-tu... Le Royaume-Uni est un vaste Empire qu'on doit défendre. On ne va pas laisser la Chine lorgner sur nos colonies en Inde. Et je te rappelle que les potions que prennent les Latents comme toi, elles sont certes composées d'extraits de critters, mais aussi d'un paquet de plantes qui viennent justement d'Asie...

Il baissa la tête. Il n'y connaissait rien en politique et dans les affaires du royaume.

— Allez, t'inquiète pas. Les taux remonteront, j'en suis sûr...

Le jeune chasseur salua Mr Smith sur ces mots, tout

en souhaitant avoir la même certitude. Puis il quitta la boutique. Il avait encore des emplettes à faire, et au moins deux bonnes heures de marche l'attendaient.

Aiden n'aimait pas l'East End de Londres. L'air avait l'odeur des fumées d'usine. Le quartier de South Banks, là où il vivait, n'était pas des plus riches, il y avait des mendiants, des fenêtres brisées qu'on ne réparait pas, des baraques qui tombaient en ruines. Mais cela n'égalait pas la misère de l'East End.

Aiden choisit de remonter le long des quais de la Tamise. Il ne désirait pas trop s'enfoncer dans les bas-fonds du quartier. Chemin faisant, son regard se promena sur les façades et les ponts. Cette partie-là de la ville avait grandement souffert lors de la Jonction et les maisons comme les rues en portaient encore les marques.

Trente ans auparavant, des portails s'étaient ouverts dans tout Londres et des créatures féériques avaient débarqué. Fées, elfes, dragons, enchanteresses… Ils avaient annoncé vouloir la paix et ne souhaiter rien de plus qu'un endroit pour vivre. Les humains avaient eu la naïveté de les croire. Rapidement, leur traîtrise avait éclaté au grand jour et la Reine Victoria n'avait survécu que de justesse à une tentative d'assassinat. La guerre avait ensuite fait rage pendant presque deux ans.

Les elfes et les fées s'étaient retranchés dans l'East End et avaient enchanté les rues, écartant les pavés pour faire pousser leurs arbres étrangleurs et leurs buissons à épines empoisonnées. Il avait fallu l'intervention de l'armée, assistée par les fondateurs du Collegium – les premiers magiciens humains – pour arriver à les en déloger. Les créatures ne s'étaient pas rendues sans combattre. Le sang avait rougi les rues, et la plupart des féériques avaient préféré la mort à la capture.

Aiden regarda ces maisons aux façades et aux toitures arrachées, ces rues creusées par le cratère d'une formidable explosion. Le cadeau d'adieu des fées et elfes qui refusaient la défaite : une détonation magique d'une ampleur phénoménale. Les arbres féériques avaient été déracinés, mais on n'avait pas reconstruit ces habitations. On murmurait que les esprits tourmentés des fées et elfes les hantaient encore. Un léger vent agita les cheveux du garçon et s'engouffra en gémissant dans une fenêtre brisée. Il frissonna et pressa le pas.

Remontant les quais, il arriva en vue du pont de Tower Bridge et s'arrêta. Comme d'habitude, le spectacle le fascinait autant qu'il l'effrayait. Les arches de pierre avaient fondu sous l'effet d'une chaleur infernale. La roche qui subsistait avait pris une couleur noirâtre, où scintillaient parfois quelques reflets dorés.

Les deux dragons qui avaient réussi à entrer dans Londres lors de la Jonction s'étaient révélés les plus dangereux. Comme tous les jeunes gens nés après ces temps troublés, Aiden avait entendu les histoires de ces monstres ailés ravageant la ville, brûlant tout sur leur passage. Ils avaient attaqué la Reine Victoria, qui n'avait dû son salut qu'à la promptitude de ses magiciens. Les humains avaient ensuite organisé la riposte, traquant les dragons, les forçant à se réfugier dans l'East End, avant que les soldats et leurs canons, assistés des magiciens impériaux, ne parviennent à abattre ces horribles monstres.

Aiden prit un instant pour contempler ces ruines. On n'avait pas reconstruit le pont, par manque de moyens sûrement, mais également pour laisser un témoignage du passage de ces reptiles géants, pour que personne n'oublie le féroce combat qui s'était tenu là. De toutes les créatures féériques arrivées lors de la Jonction, seules restaient maintenant les critters qui infestaient la ville et se reproduisaient aussi vite que les rats.

Une nouvelle bourrasque agita les vêtements et les cheveux du jeune chasseur. Il lorgna d'un air inquiet vers le ciel. Celui-ci s'était obscurci. S'il ne voulait pas se faire tremper par une averse, il ferait mieux de s'activer. Mains dans les poches, il reprit son chemin.

Il atteignit bientôt la portion du quartier qui l'intéressait. Délaissant les quais, il s'enfonça dans l'East End. Les abords du fleuve abritaient les usines où l'on produisait armes et munitions pour le conflit avec la Chine. Les hangars accueillaient aussi les industries sidérurgiques et textiles. Aiden longea ces larges bâtiments aux portes d'acier. Derrière les murs retentissaient le fracas du métal et le grondement des machines. Une odeur de rouille et de fumée flottait dans l'air.

Aiden dépassa un édifice retranché derrière des portes blindées, gardées par des sentinelles. Celles-ci lancèrent un regard soupçonneux au garçon tandis qu'il passait. Ici, on assemblait les armes magiques qui équipaient les *bobbies* et les soldats. On ne voyait pas d'un bon œil les traîne-savates dans le genre d'Aiden. Il se dépêcha donc de disparaître.

Peu à peu, les rues s'étrécirent tandis qu'il s'aventurait dans le quartier. On avait rebâti au petit bonheur la chance par-dessus les ravages de la Jonction et de la guerre qui avait suivi. Des ruines noircies et des arbres féériques morts depuis longtemps avoisinaient des baraques construites au hasard. Alors qu'il s'engageait dans une ruelle, il s'émerveillait que tout cela ne s'écroule pas au moindre coup de vent un peu violent.

Des enfants vêtus de pantalons et chemises crasseux jouaient avec un rat mort dans un caniveau. L'odeur était infecte, presque pire que dans les égouts. Ils observèrent Aiden avec des regards à la fois curieux et méfiants. Seule une fillette l'ignora, les yeux rivés sur une gouttière. Il leva la tête pour apercevoir deux fées disparaître à l'angle d'un toit. Quelque chose dérangea sa veste. Vif comme l'éclair, Aiden saisit le poignet de la gamine qui essayait de lui faire les poches.

— Tire-toi ! gronda-t-il.

Elle obéit, talonnée par les autres mioches. Dans l'East End, les critters n'étaient pas les seuls voleurs et pas la seule vermine à infecter les rues. Gardant ses sens en éveil, Aiden poursuivit sa route. Il dépassa un attroupement de femmes qui discutaient à voix basse des prix du marché, et deux ouvriers en bleu de travail qui rentraient, épuisés par leur journée. La soirée n'avait même pas encore commencé et déjà Aiden croisa des hommes qui marchaient en titubant.

Aiden avait pris soin de répartir l'argent donné par

Mr Smith : une pièce dans une poche, une dans une autre, une dans ses chaussettes, quelques-unes dans une bourse suspendue à un lacet sous sa chemise. On lui adressa des regards suspicieux et il marcha bien vite, les mains au fond des poches, le poing droit serré sur l'un de ses couteaux de lancer.

Mais aucun malfrat ne tenta de le détrousser, et il atteignit la boutique d'Ashley King : une maison située à l'angle de deux rues.

Il poussa la porte et déclencha un carillon. L'intérieur du magasin était plongé dans la pénombre et Aiden mit quelques instants avant que sa vue ne s'habitue. Puis il zigzagua entre les étagères croulant sous le matériel et la poussière des ans. L'odeur d'huile et de métal qui régnait le prit à la gorge. Tout au fond de ce bric-à-brac, un établi se dressait. Ashley King, le roi de l'East End, se trouvait là, occupé à réparer une lampe. Il releva la tête. Son visage ridé et barré de cicatrices s'éclaira d'un sourire.

— Le p'tit Aiden. Ça faisait un bail.

— Longue vie au Roi, répondit Aiden.

Son oncle lui avait présenté l'homme et lui avait appris comment le saluer pour rendre hommage à son rang de meilleur chasseur de critters de Londres. Le sourire de King s'élargit.

— Tu viens récupérer du matériel.

— Oui. Il me faudrait un nouveau couteau de lancer. Une pointe pour le harpon et de l'huile pour la lampe.

— Je vais te chercher ça.

King disparut en boitant dans l'arrière-salle. Soldat, il avait participé à la défense de l'East End, avait tué un elfe nécromant de ses mains et avait survécu pour raconter son histoire. Par la suite, il s'était reconverti en chasseur et avait débarrassé Londres de milliers de critters. Malheureusement pour lui, une nuit de traque dans les égouts, une forte averse, entraînant une inondation soudaine des tunnels, l'avait surpris. Des flots s'étaient engouffrés dans les souterrains, balayant tout sur leur passage, notamment Ashley King. Il n'avait dû son salut qu'à l'oncle d'Aiden qui avait réussi à le rattraper avant qu'il ne périsse noyé.

King avait quand même écopé d'une vilaine coupure à la cuisse, qui s'était infectée. Le chasseur n'avait gardé sa jambe que de justesse. Il avait néanmoins conservé une boiterie qui avait mis fin à sa carrière. Habile de ses mains et travailleur, l'homme était parvenu à se reconvertir.

Le Roi revint avec le matériel demandé et prit la lampe d'Aiden.

— Tu l'entretiens bien, le félicita-t-il. James serait fier de toi.

— Il tenait beaucoup à cette lampe, se rappela Aiden.

L'émotion lui piqua les yeux. La mort de son oncle avait laissé un grand vide. Il préféra détourner la conversation sur d'autres sujets moins sensibles pour lui.

— En plus, quelqu'un de futé m'a dit que le bon état de mon matériel me sauverait la vie…

— Cette sacrée Doreen Fitzpatrick, s'amusa Ashley King. Comment va-t-elle ?

— De mauvais poil. Elle râle contre tout.

King éclata de rire.

— C'est qu'elle se porte bien, alors.

Il ouvrit la carrosserie de la lampe. Sous l'habillage grossier de métal se cachait une complexe mécanique. Le Roi marmonna entre ses dents tandis qu'il vérifiait le réservoir d'huile, la chambre de combustion et les miroirs qui concentraient le faisceau. L'intérieur de la lampe était plus joli que l'extérieur, Aiden y avait veillé, dissimulant cette merveille sous une gangue d'acier cabossé. Tout le monde croyait ainsi qu'il se trimballait une vieillerie et personne n'était tenté de l'attaquer pour le voler. Encore une chose que son oncle lui avait apprise…

King attrapa une pipette d'une huile bleutée. Délicatement, plissant les yeux pour mieux y voir, il versa l'huile dans le conteneur, puis referma la trappe et actionna la lampe. Elle grésilla avant d'émettre une lueur bleutée.

— Faut que je te change un des connecteurs, grommela le Roi.

Il alla farfouiller sur une de ses étagères et en tira une pièce, qu'il inséra dans la lampe en remplacement d'une autre. Puis il l'alluma de nouveau. Cette fois, un beau faisceau azur éclaira la boutique et Aiden réalisa à quel point il s'était habitué à la maigre lumière.

— Voilà. Avec ça, tu verras mieux où tu mets les pieds, annonça King.

— Merci, m'sieur.

Arrivait maintenant le moment douloureux.

— Alors, l'huile, le connecteur, le couteau de lancer et la tête de harpon, ça fera deux shillings et six pence.

Plus que ce qu'il avait escompté.

— Le prix de l'huile a augmenté, expliqua King comme s'il avait lu dans ses pensées.

— Tout augmente, sauf les primes, râla-t-il.

Un maigre sourire éclaira la face burinée du Roi.

— La dure loi de la vie. Ça serait plus simple pour toi si tu avais des collègues.

Aiden haussa les épaules.

— Chasser en bande, c'est pas si mal. Sans parler

d'une grosse équipe, au moins avoir quelques personnes sur qui compter. Même un partenaire. Un duo, c'est bien aussi. Si j'avais pas eu des camarades avec moi, je serais mort !

Aiden réprima un soupir, tant il en avait assez qu'on lui serve cette rengaine.

— J'y réfléchirai, maugréa-t-il.

Il prit congé de King et quitta la boutique. Les ombres s'étiraient dans les rues, l'après-midi était déjà bien entamée. Aiden se mit en route, il n'avait pas envie de se trouver dans l'East End à la tombée de la nuit et il lui restait un bon morceau à pied avant de rejoindre la pension de Doreen. Le garçon pressa le pas.

La chaleur de Londres avait laissé la place à un temps orageux. De lourds nuages d'un noir d'encre planaient au-dessus de la ville. L'averse surprit Aiden alors qu'il revenait bredouille de chasse, remontant les rues en direction de sa pension. Les critters qu'il avait repérés dans les tunnels la veille n'étaient plus là et le garçon rentrait les mains vides, et l'estomac plus vide encore. Il n'avait pas mangé depuis le matin et la faim se faisait sentir. Et pour couronner le tout, voilà qu'il flottait ! Et pas qu'un peu : des trombes d'eau se déversaient d'un ciel violacé, qui prenait d'un coup des allures de fin du monde.

Aiden pressa le pas, avant que des rires et des chansons, couplés à des odeurs alléchantes ne le fassent s'arrêter net. Le *pub*[2] se situait à l'angle de deux rues. De la lumière provenait de ses fenêtres et son enseigne proclamait : au *Red Lion*. Il fouilla ses poches. Il lui restait quelques pièces. De quoi s'offrir un repas chaud et se mettre à l'abri de cette averse d'orage. Il poussa la porte de l'établissement.

D'autres que lui avaient visiblement eu la même idée, l'endroit était noir de monde et il y régnait une chaleur humide. Aiden se faufila entre des ouvriers discutant autour d'une pinte de bière et des filles outrageusement maquillées accoudées au bar. Le garçon repéra une chaise restée libre dans un coin et il s'y installa. Une serveuse vint le voir peu après et il commanda une boisson ainsi qu'une tourte. Le temps qu'elle revienne, Aiden glissait dans une douce torpeur.

— Voilà pour toi, lui annonça-t-elle en déposant devant lui une assiette et une chope.

Il paya et commença à manger. La boisson était

2. *Pub* : au Royaume-Uni, établissement où l'on sert des boissons.

correcte, mais la tourte avait plus de sauce que de viande. Enfin, au moins était-elle chaude. Dehors, la pluie frappait les carreaux, le chasseur n'était pas près de repartir. Doreen allait râler s'il rentrait trempé, autant attendre ici que ça se calme ou que la logeuse aille se coucher pour qu'il puisse se faufiler dans sa chambre sans écoper d'un savon.

L'esprit d'Aiden, engourdi par la chaleur, la fatigue et le repas, se mit à dériver. La question de l'argent revenait le hanter. Malgré tous ses efforts, il continuait de manquer cruellement d'argent. Il avait conscience de s'en tirer mieux que la plupart des jeunes chasseurs : son oncle lui avait légué du matériel et lui avait appris les ficelles du métier. Pourtant, Aiden vivotait. Il avait à peine de quoi se payer une fiole de potion et l'apothicaire qu'il avait consulté lui avait affirmé qu'il lui en faudrait au moins dix avant de réussir à activer ses dons. D'ici à ce qu'il ait assez économisé, il aurait probablement atteint l'âge vénérable de trente ans.

Aiden ressassa ces pensées, et s'apprêta à commander une nouvelle pinte d'ale, lorsqu'il aperçut un visage hélas bien connu. Alfie, ou Crazy Alfie[3] pour les intimes, traînait ses sbires derrière lui. Il avait une vingtaine d'années et chassait depuis ses dix ans.

3. *Crazy Alfie* : Alfie le fou.

Vif et implacable, il se débrouillait bien, et Aiden ne l'aimait pas trop. Trop vulgaire et trop violent.

Alfie rejeta une mèche de cheveux d'un blond décoloré et commanda si fort une pinte de bière que, même du fond du *pub*, Aiden l'entendit. La serveuse s'empressa d'obéir, ce qui n'empêcha pas Alfie de l'insulter pour sa lenteur. Lui et ses deux acolytes allèrent ensuite déloger de leur table des joueurs de cartes, qui n'osèrent protester. Alfie avait la réputation de sortir son couteau et de l'utiliser à la moindre provocation. D'ailleurs, l'ambiance s'était refroidie à son arrivée. Quelques personnes, notamment le groupe qui avait perdu sa table, préférèrent s'en aller. Aiden les aurait bien rejoints – Alfie ne le portait pas dans son cœur depuis qu'Aiden lui avait fauché une proie lors d'une chasse où ils étaient tombés l'un sur l'autre dans les tunnels – mais cette brute épaisse bloquait la porte. Il choisit donc de se faire le plus petit possible et d'attendre. Quand lui et sa bande seraient trop éméchés pour courir, il partirait.

Le garçon sirota sa boisson en restant attentif. La pluie au-dehors se calma et la nuit commença à descendre. Alfie et ses deux compagnons commandaient pinte sur pinte. Le trio était reconnu comme des chasseurs de critters assez efficaces, capables de mener une charge dans les égouts, comme de déloger un essaim sur les toits. Mais, comme la plupart des chasseurs, ils paraissaient plus enclins à dépenser leur paye qu'à l'économiser.

Aiden rongeait son frein, en se demandant quand il pourrait sortir, quand le carillon retentit et qu'un homme entra. Il portait un manteau sombre, qu'il secoua avant de le suspendre à un porte-manteau. Aiden nota alors son habit bleu et l'insigne d'argent épinglé sur sa poitrine. L'homme était un annonceur officiel.

Il posa au sol la mallette qu'il transportait. Un projecteur magique ! Il se décrocha la tête pour mieux y voir. Dans le *pub*, toute l'attention était fixée sur le nouveau venu.

— Oyez, oyez, braves gens ! entonna le crieur.

Sa voix puissante parut résonner contre les boiseries du *pub*. Du bout du pied, il enclencha une manette qui dépassait de sa sacoche. Un faisceau lumineux jaillit de l'objet. Un concert d'exclamations surprises et ravies accompagna la démonstration.

— La glorieuse armada de Sa Majesté a mis en déroute les corsaires de la redoutable Ching Shih en mer de Chine !

Au milieu du faisceau, des images se formèrent : un océan déchaîné, de robustes navires poursuivant des jonques, ces vaisseaux chinois aux voiles plissées.

— Les pirates n'ont rien pu faire face à la puissance dévastatrice de Lord Spencer.

Dans le faisceau, des éclairs irisés naquirent. Une silhouette se tenait à la proue d'un des bateaux, le poing dressé vers le ciel. Sur son commandement, une foudre d'un bleu éclatant frappa les vaisseaux ennemis. La vive lumière déclencha des cris surpris. Aiden se frotta les yeux.

— Gloire aux magiciens impériaux et longue vie à notre reine Victoria ! clama le conteur.

— Longue vie à notre reine Victoria, répétèrent les clients.

L'annonceur poussa une nouvelle manette et les images changèrent. Cette fois, les murs gris des usines de l'East End remplacèrent les mers de Chine.

— La manufacture impériale d'armes recrute ! Ouvriers, un shilling par jour ! Latents non activés, un shilling et demi par jour !

Une paye de misère pour un travail épuisant. Sans compter que les accidents étaient nombreux… Aiden réprima un grognement agacé et se désintéressa du crieur qui essayait de convaincre par son boniment qu'aller pointer à l'usine constituait la meilleure des décisions pour les gens sans le sou.

Il commençait à se dire qu'il allait profiter de la présence de l'homme pour se faufiler hors du *pub*, quand l'annonceur pressa une nouvelle manette. Des images de critters flottèrent dans l'air : gnomes armés de couteaux, pixies aux griffes acérées, fées aux dents effilées.

— Écoutez bien ! Chasseurs de tout poil, ceci est pour vous ! Par la grâce de notre Majesté, une prime exceptionnelle sera accordée pour la chasse et l'extermination des critters. Tout essaim de cinquante têtes ramené à un comptoir rapportera une prime de dix souverains !

Aiden se redressa vivement à ces mots, toute envie de filer évaporée. Dix souverains ! La somme était rondelette. Elle ne payerait pas la totalité de ses potions, mais elle lui permettrait d'en acheter au moins les trois quarts. Le crieur public continua d'énumérer les conditions. Il fallait être un chasseur inscrit à la guilde, même si celle-ci allait délivrer pour l'occasion des autorisations provisoires pour les intéressés. Les essaims devaient contenir une certaine proportion de fées, gobelins, gnomes, *brownie*s et pixies, les corps devaient être frais du jour… Aiden écouta attentivement, mais remarqua qu'il n'était pas le seul. La prime annoncée faisait briller de convoitise bien des yeux.

L'homme promit monts et merveilles à celui qui empocherait l'argent : une vie de gloire et de conquête, images à l'appui. Malgré lui, Aiden se prit à rêver en admirant une vue du ciel du Collegium d'Oxford, qui étalait ses vastes bâtiments carrés, agrémentés de cours intérieures et de jardins. Les images changèrent et il put se régaler des immenses couloirs de l'école et des vitraux de la grande salle commune célébrant les hauts faits des magiciens impériaux. Un jour, il y aurait sa place.

Le crieur public termina son annonce et éteignit sa machine. Les images se dissipèrent, tout comme la douce rêverie qui avait envahi Aiden. L'homme récupéra son manteau et sortit, allant probablement répéter son annonce dans le *pub* voisin. Nul doute que cette prime allait attirer du monde, songea Aiden.

Quoi qu'il en soit, il s'agissait là d'une excellente nouvelle, qui rattrapait une journée décevante. Il engloutit le fond de son ale – tiède depuis longtemps – et se faufila vers la sortie. Alfie entretenait une discussion animée avec ses deux compagnons, c'était le moment pour décamper.

Malheureusement, la brute repéra le garçon alors qu'il atteignait la porte. Aiden tenta une brusque accélération, couplée à une pirouette, pour éviter Alfie et parvenir à s'échapper. Mais s'il était rapide, Crazy Alfie l'était hélas tout autant. Il coupa sa trajectoire et

Aiden dut piler pour ne pas le percuter. Il recula d'un pas et tapa dans une chaise. Alfie en profita pour l'attraper par le col de sa chemise. Son visage bovin se tordit dans une grimace ironique.

— Tiens donc, c'est Sneaky Aiden[4].

— Salut, Alfie, répondit prudemment le garçon.

Alfie était non seulement agile, mais aussi beaucoup plus grand et costaud que lui, il ne faisait pas le poids. Sans compter qu'il avait des renforts en la personne de John et Jake, ses deux âmes damnées. Alfie broya presque le poignet droit d'Aiden, qui retint un cri de douleur. L'autre se pencha sur lui et lui souffla son haleine alcoolisée au visage :

— Qu'on soit bien clair, c'est moi et mes gars qui empocherons la prime, gronda-t-il.

— Sans doute, convint Aiden, vous êtes plus forts et plus nombreux que moi. De vrais durs…

Alfie l'étudia, cherchant l'ironie dans ses propos, mais le lâcha et s'écarta de la porte. Aiden ne demanda pas son reste et fila au-dehors. Il s'éloigna rapidement du *pub*, au cas où Alfie changerait d'avis. Il avait l'alcool mauvais et pouvait décider d'éliminer la concurrence. Aiden mit le cap sur sa pension : il avait une chasse à préparer…

---

4. *Sneaky* : sournois et fuyant

Pour préparer la chasse, Aiden avait des idées. Des tas même. Pièges en tout genre, chausse-trappe... Il ne serait pas le seul à chasser et devrait rivaliser d'ingéniosité. Mais tous ses plans, quels qu'ils soient, comprenaient un problème de taille : tout ce temps de préparation signifiait qu'il allait concentrer son énergie sur une unique chose, et que durant quelques jours, l'argent ne rentrerait pas. Donc, avant toute chose, il devait demander un report de loyer à Doreen.

Aiden guetta toute la soirée le moment propice. Il ne l'aborda pas avant le dîner, elle détestait ça quand elle était en train de cuisiner. Il n'en parla pas non plus au repas, cela ne concernait pas les deux autres locataires. Il préféra attendre la fin du repas.

Alors qu'Ed et Teddy montaient dans leur chambre, Aiden resta avec Doreen et se saisit des assiettes, qu'il apporta dans la cuisine. La logeuse le regarda sans rien dire. Aiden rapporta ensuite les verres, puis les couverts. Doreen croisa les bras sous sa poitrine et se planta devant lui.

— Tu as quelque chose à me demander, gamin ? lança-t-elle.

Le garçon rassembla son courage et bredouilla :

— Je… j'aurais besoin d'un délai, Doreen. Pour le loyer.

Elle haussa un sourcil. Doreen n'appréciait pas les retards de paiement.

— Qu'est-ce que je t'ai dit quand t'es venu frapper à ma porte il y a trois ans ?

— Pas de fille, pas de gin, pas de matériel sale, pas de retard, récita-t-il.

— Voilà, parfaitement. Ce n'est pas parce que j'aimais bien ton oncle et que c'était un chic type que je vais te faire des passe-droits.

Il baissa la tête pour ne pas affronter son regard inquisiteur.

— J'accueille pas de chasseurs de critters sous mon toit, normalement, finit par lâcher Doreen.

Un comble, pour une ancienne chasseuse, songea Aiden.

— J'ai fait une exception pour toi en mémoire de James et parce que tu m'avais l'air d'un gars sérieux. Jusque-là, tu t'es bien tenu. Alors, explique-moi pourquoi aujourd'hui je devrais t'accorder cette rallonge.

Aiden releva la tête et voulut argumenter. Comme à chaque fois, les mots s'embrouillèrent dans son esprit et il ne put que bafouiller un vague :

— C'est à cause de la prime…

Doreen haussa un sourcil.

— La prime, releva-t-elle d'un ton ironique.

Elle examina Aiden avant de pousser un profond soupir.

— On se prépare un thé et tu me mets au parfum.

Elle fit chauffer de l'eau et ils s'installèrent dans la cuisine. Aiden lui raconta la venue du crieur, la prime et sa décision de chasser. Il lui expliqua le piège prévu : repérer un essaim, placer des collets et des filets tout autour de sa position, attaquer et récupérer les corps. Doreen écouta en silence, puis grimaça.

— Mouais. Il casse pas trois pattes à un canard, ton plan.

L'avantage avec Doreen, c'est qu'elle n'y allait pas par quatre chemins.

— Comment ça ? s'enquit-il, piqué au vif.

La logeuse le fixa.

— D'abord, ça va être compliqué de préparer suffisamment de pièges pour capturer cinquante têtes. Tu risques de te faire repérer.

— Je suis discret et rapide, protesta le garçon. Les critters ne me voient jamais avant qu'il ne soit trop tard.

— T'as un talent pour passer inaperçu. J'en doute pas, Sneaky Aiden.

Il fut étonné, et blessé, qu'elle emploie le surnom

dont les autres chasseurs l'avaient affublé.

— Malgré tout, les sentinelles sont vives. Tu pourras pas couvrir la zone en entier. Faut concentrer tes pièges à un endroit et y amener l'essaim.

— Comment je me débrouille sans rabatteur ?

Doreen afficha un sourire carnassier.

— J'ai déjà réussi le tour avec des pétards. Mais choisis-les bien, parce que si tu achètes de la mauvaise qualité, ça peut te sauter à la figure.

Aiden frissonna. Il n'était guère enthousiasmé à l'idée d'emporter des explosifs sous terre.

— Décide-toi : si tu veux mener ce coup tout seul, va falloir prendre des risques. Mais ça nous amène au deuxième problème de ton plan.

— Lequel ?

— Avec l'annonce de la prime et des permis exceptionnels, les souterrains grouilleront de monde. Des troupes, comme l'autre Crazy Alfie et les deux abrutis qu'il traîne avec lui, mais aussi des chasseurs à la petite semaine. Les critters vont s'éparpiller à travers les tunnels. Bonjour pour piéger un essaim… En plus, mettons que tu y parviennes quand même, tu prends le risque que des gars, disons un peu opportunistes, te tombent dessus et te piquent ton trophée. Ça t'est déjà arrivé, non ?

Aiden baissa la tête, honteux, avant d'acquiescer.

— C'était au tout début, maintenant je fais attention.

— Et maintenant, il y a une grosse prime en jeu, pas trois malheureux shillings, rétorqua Doreen, implacable.

Il sentit le découragement le gagner. Mais Doreen n'en avait pas fini avec lui.

— Abordons le troisième problème de ton plan génial.

Aiden grommela quelques vagues paroles, dont elle ne tint pas compte.

— Je suppose que tu espérais chasser sur ton territoire d'origine, non ?

— Oui. Je connais bien les tunnels, je peux y arriver.

Doreen lui lança un long regard.

— Tu ne t'es pas demandé pourquoi la guilde offre cette prime maintenant ?

— Je sais pas. Il y a plus de critters et ils ont envie de récompenser les bons chasseurs.

La logeuse éclata d'un rire sonore avant de se frapper la cuisse. Aiden se redressa, piqué au vif.

— Qu'est-ce que j'ai dit de si drôle ?

— Aiden, comment est-ce que tu as pu grandir dans ce pot à pus qu'est Londres et rester aussi naïf ?

Le garçon ne trouva rien à répondre, un mélange

de honte et de colère rougit ses joues. Doreen essuya une larme qui avait perlé, et redevint sérieuse.

— Petit, s'ils ont annoncé une telle prime pour les critters, c'est probablement parce que ces saloperies se sont mises à voler dans les beaux quartiers. La Reine et ses ministres ne peuvent pas lancer un avis de chasse ouvertement, ça ferait désordre et reviendrait à admettre que les riches ne parviennent pas à s'occuper tout seuls du problème. Alors ils créent cette prime, et avec de la chance, un groupe de chasseurs réglera le souci pour eux.

Elle sirota une gorgée de son thé.

— C'est malin, ils liquident ce problème sans trop dépenser. Ils ne lâcheront que quelques dizaines de souverains, et ça leur coûtera sûrement moins cher que s'ils avaient augmenté les taux.

L'indignation étouffa Aiden, qui ne parvint qu'à éructer :

— Mais c'est dégueulasse !

— C'est la vie, petit, répondit Doreen. Je suppose d'ailleurs qu'ils ont enrobé le tout en vous montrant de jolies images des batailles histoire de bien éveiller votre fibre patriotique. Dis-moi, il y avait un magicien qui lançait des éclairs ?

Honteux à l'idée de s'être fait piéger par le spectacle et de ne pas avoir vu clair dans le jeu du crieur public, Aiden baissa les yeux. Doreen le fixa durant quelques secondes et déclara :

— Si j'étais toi, je tenterais de chasser dans les beaux quartiers. À mon avis, s'il y a un essaim, c'est dans ce coin qu'il se trouve, et les autres iront pas forcément là. Crois-en mon expérience, toute cette troupe restera dans l'East End et dans le quartier.

— Vous… Vous avez déjà connu ça ? risqua Aiden.

Le regard de Doreen se porta sur le papier peint défraîchi de la salle à manger.

— Oui, une fois. 1867, si je me souviens bien. Un peu avant que j'arrête tout ce bazar. Je faisais partie d'un groupe et on avait réussi à remporter une prime d'ailleurs. De l'argent bien utile pour acheter cette maison.

Elle soupira et parut revenir au présent, fixant de nouveau Aiden.

— Pour ton loyer, je t'accorde une semaine.

— Merci ! s'exclama-t-il.

— Mais t'as pas intérêt à être en retard pour l'échéance suivante !

Aiden la remercia une nouvelle fois et se leva pour prendre congé.

— Et réfléchis à ce que je t'ai dit. Les beaux quartiers.

Le garçon acquiesça. Avant de partir, il osa poser la question qui lui trottait dans la tête depuis un moment.

— Doreen ? Pourquoi vous avez arrêté la chasse ?

Elle sourit, une expression triste et mélancolique qu'il ne lui avait encore jamais vue.

— On en parlera peut-être une autre fois. Maintenant, va te coucher, t'as du pain sur la planche.

Aiden n'était décidément pas à l'aise avec l'idée de devoir arpenter les beaux quartiers. De plus, une partie de lui n'était pas convaincue que Doreen ait raison. Après tout, elle avait arrêté de chasser plus de dix ans auparavant. Les choses avaient certainement changé.

Le lendemain, Aiden s'équipa donc comme d'ordinaire pour rejoindre les égouts. Il choisit un passage en bordure de la Tamise pour explorer un secteur assez peuplé, où il y avait peut-être des critters se livrant à des vols.

Le garçon déverrouilla un accès et descendit vers les profondeurs. Mais dès les premiers yards, il réalisa que quelque chose n'allait pas. Depuis le temps qu'il chassait, il avait eu le temps de se familiariser avec les bruits des sous-sols : ruissellement de l'eau, goutte à goutte, de temps à autre, son assourdi provenant de la surface. Il se figea quand il entendit des voix. Il réduisit le faisceau de sa lanterne à un simple filet et se plaça dans un conduit étroit perpendiculaire au passage où il se trouvait. Quelques instants plus tard, un groupe arriva. Ils étaient équipés de bric et de broc et éclairaient leur chemin avec une bougie. Ils discutaient à mi-voix et faisaient un boucan de tous les diables. Ils passèrent sans voir Aiden, trop occupés à se chamailler pour savoir s'ils auraient dû tourner à gauche ou à droite au dernier croisement.

Aiden attendit qu'ils aient disparu avant de sortir de sa cachette. Bon. Voilà qui commençait mal. Malgré tout, le garçon tenta un repérage des lieux et s'aventura dans les couloirs. Il ne lui fallut pas longtemps pour tomber sur un autre groupe. À nouveau, il se dissimula pour les observer. Ceux-ci étaient un peu mieux équipés : ils portaient des bottes et pantalons de cuir huilé. Mais leur matériel était de mauvaise qualité, et il songea qu'ils auraient les pieds dans l'eau avant la fin de leur équipée. Sûrement des jeunes qui avaient récupéré l'attirail de chasse d'un grand-père ou d'un grand-oncle… Eux aussi produisaient un vacarme invraisemblable. Comment faisaient-ils pour ne pas le remarquer ?

Avec un soupir, Aiden reprit son avancée. Comme il le craignait, aucun critter ne se trouvait dans les parages. Ces créatures ne brillaient pas par leur intelligence certes, elles n'étaient pas totalement stupides pour autant. Elles avaient déguerpi dès qu'elles avaient entendu le raffut causé par ces chasseurs du dimanche. Il ne devait plus rester grand-chose dans les souterrains, les critters avaient probablement rejoint les toits et s'étaient éparpillés dans les jardins publics. Bien sa veine, tiens…

Aiden réalisa que cela ne servait à rien de s'épuiser à arpenter des couloirs où il croiserait plus d'humains que de critters. Il remonta à la surface par où il était entré et chercha une pompe où nettoyer son équipement. Alors que le flot coulait sur ses bottes et son pantalon, Aiden songea que Doreen avait peut-être raison : il fallait qu'il change son terrain de chasse et aille s'aventurer dans les beaux quartiers.

Chapitre 3

Primrose Hill

Aiden n'était jamais allé dans les beaux quartiers de Londres. Il était né dans le South Banks et y avait vécu avec sa mère jusqu'à sa mort, puis avec son oncle, avant d'emménager chez Doreen. James et lui avaient arpenté les rues du côté d'Oxford Street et celles du début de l'East End, mais jamais au-delà. C'est avec le cœur battant et des jambes en coton qu'Aiden prit la direction du nord, vers Regent's Park et Primrose Hill.

Doreen lui avait conseillé ce quartier, car il restait proche de son secteur habituel d'activité et qu'il n'abritait pas de membres de la royauté ou de la très haute noblesse, qui résidaient plutôt à Saint James. Là, Aiden n'aurait pas pu mettre un orteil sans être arrêté par les *bobbies*.

Ici, pas de policiers en vue, mais le garçon n'était pas rassuré pour autant. Il avança dans les larges rues bordées de jolies demeures. Quelques passants lui lancèrent des regards suspicieux, qu'il s'efforça d'ignorer.

Quelque chose picota sa nuque alors qu'il s'engageait dans un grand boulevard. Il tourna la tête de tous les côtés, avant de le repérer. Le sceau trônait sur le muret qui entourait une maison : un complexe dessin d'un bleu vibrant. Il en vit un autre en face. De ce qu'il en savait, ces symboles étaient tracés avec une peinture spéciale, issue des fluides des critters. Elle permettait d'actionner des sortilèges. L'endroit était donc protégé. Il prit une inspiration. Cette fois, il y était, il avait franchi la barrière magique qui délimitait l'entrée dans Primrose Hill.

C'était peut-être un effet de son imagination, mais l'air lui sembla plus frais, une douce brise estivale, empreinte de parfums floraux, vint caresser ses cheveux. La lumière paraissait plus vive, les couleurs plus radieuses. Aiden respira profondément. Non, ce n'était pas dans sa tête. C'était réel. Les relents de fumées, l'odeur de saleté, de boue et d'humidité, bref, tout ce qui faisait l'identité de Londres avait disparu. Ne restait plus qu'un bon air pur.

Cette constatation donna le vertige à Aiden. Il observa, bouche bée, les sceaux, symboles de la puissance des magiciens royaux, mais aussi de l'importance des gens qui vivaient en ces lieux.

Le chasseur regarda les avenues qui étalaient devant lui leur propreté presque étincelante. Les maisons se dressaient de part et d'autre de la rue, menaçantes avec leurs briques rouges et leurs grilles de fer forgé. Tout ici était… trop… trop beau, trop propre, trop parfait. Le garçon sentait qu'il n'était pas à sa place.

Il avait pourtant sorti ses habits du dimanche pour ce repérage. Il avait repassé sa meilleure chemise et amidonné son col, reprisé sa veste et ciré ses chaussures. Cela ne suffisait pas. Les premières personnes qu'il croisa en entrant dans ce quartier huppé furent les domestiques : valets de pied et bonnes, serviteurs occupés à faire les courses, cuisiniers recevant leurs marchandises. Ils dévisagèrent Aiden d'un air à la fois hostile et méfiant, et le garçon eut l'impression que même la plus humble des femmes de chambre était mieux vêtue que lui. Un homme le bouscula sans ménagement et lui cria de ne pas rester ainsi dans le passage. Aiden réalisa qu'il était planté au milieu du trottoir et qu'il regardait autour de lui comme un idiot. Honteux à l'idée de s'être fait remarquer, il reprit son chemin.

Il remonta plusieurs rues, étudiant les façades des maisons, les grilles, l'environnement… Les gens logeaient pour la plupart dans de grandes maisons aux fenêtres carrées agrémentées de colonnes. Le blanc était de mise, même si on pouvait noter quelques façades colorées dans des tons de pastel. La plupart des habitations s'offraient le luxe d'un jardin qui les entourait.

Les boutiques ouvraient à peine, des dames sortaient avec leurs enfants. Les domestiques s'affairaient déjà dans un ballet parfaitement organisé. Tout ce petit monde était coiffé et tiré à quatre épingles. Malgré lui, Aiden commença à longer les murs et à garder les yeux rivés au sol. Cela lui valut encore plus de regards suspicieux. Il se força à se calmer et bifurqua dans une rue adjacente à la principale. Il s'arrêta et fit mine de relacer ses chaussures. Il prit plusieurs profondes inspirations pour se maîtriser.

Tout allait bien se passer, on ne pouvait pas l'arrêter parce qu'il se baladait en cette belle journée. Tout ce qu'il avait à faire, c'était de garder son calme et de mettre sur pied une excuse plausible à sa présence en ces lieux. Le garçon réfléchit un instant, avant de trouver une explication. Il était un coursier qui venait apporter un colis à une grande maison. Voilà ce qu'il était. Le jeune chasseur reprit sa promenade d'inspection, toujours suivi par des regards inquisiteurs. Le rouge lui monta aux joues.

Le déguisement aurait sans doute été plus réaliste avec un colis sous le bras et il se traita d'idiot. Mais qu'est-ce qu'il espérait à débarquer comme ça dans les beaux quartiers ? Il n'avait pas sa place ici. Et puis, les sceaux magiques qui préservaient l'endroit de la saleté et de l'air pollué de Londres faisaient courir des frissons sur sa peau.

Troublé, énervé et gêné, le garçon se remit à regarder le sol. Il sentait ses joues s'empourprer. Cela ne servait à rien de rester ici, autant revenir plus tard en étant mieux préparé.

Aiden remonta l'une des avenues principales et jeta de brefs coups d'œil aux larges façades. Il dépassa une maison entourée de grilles marquées d'un blason qui représentait un ange jouant de la trompette.

Un bruit attira son attention parmi tous les sons de la rue, un pépiement suivi de cris aigus. Il tourna la tête et le vit sur la corniche d'une maison en face : un pixie armé d'une tige en métal, qui venait d'embrocher un moineau. L'animal était déjà mort, le cœur percé, et le critter poussait de petits couinements de triomphe. Aiden réprima un sourire. Il avait raison ! Ils étaient là ! Sans cesser de marcher, il se retourna pour essayer d'apercevoir d'autres de ces créatures.

Un choc et un cri dans son dos manquèrent de le jeter à terre. Aiden tituba et fit volte-face. Il se figea et il lui sembla que son sang gelait dans ses veines. Non. Impossible. Et pourtant, il venait une nouvelle fois de renverser miss Fairchild.

La jeune fille lui lança un regard appuyé et tenta de se redresser, ne réussissant qu'à s'empêtrer dans sa volumineuse jupe. La nanny accourut depuis le perron de la maison et aida la demoiselle à se relever. Aiden, paralysé par la surprise, n'avait pas bougé.

— Encore vous ! gronda la gouvernante. Vous nous suivez ? Si c'est ça, j'appelle la police !

— Non ! couina Aiden d'une voix un peu trop aiguë.

Il se reprit.

— Non, répéta-t-il d'un ton plus posé. C'est un accident. Vous m'en voyez désolé.

Elle le foudroya du regard, mais sa colère n'inquiéta pas Aiden autant que l'amusement qu'il lut dans les yeux de miss Fairchild.

— Eh bien, Mr Jones. Vous étiez plus habile la première fois que nous nous sommes rencontrés, lança-t-elle.

Il voulut s'excuser de nouveau ; devant ce regard moqueur, il ne put que bafouiller des paroles sans queue ni tête. Bien évidemment, miss Fairchild ne laissa pas passer une telle occasion. Elle se tourna vers sa gouvernante.

— N'est-ce pas charmant, Nanny ? Si moi je suis maladroite, lui il est proprement muet.

— Miss Fairchild, ça suffit ! siffla-t-elle. Il est temps de partir, vous allez être en retard chez le tailleur.

Le rouge monta aux joues d'Aiden.

— Pardon de vous avoir fait encore une fois tomber, miss, grommela-t-il.

Il la salua avec, espérait-il, assez de respect, et fit mine de poursuivre son chemin. Elle lui barra la route.

— Allons, Mr Jones, vous n'avez pas répondu à la question de Nanny. Que nous vaut le plaisir de votre présence ici ? Vous ne me suiviez pas, au moins ?

À nouveau, Aiden sentit ses joues le cuire.

— Non ! Non, bien sûr que non ! s'exclama-t-il.

Miss Fairchild haussa les épaules et se tourna vers la domestique.

— Dommage, Nanny. J'espérais avoir récolté mon premier soupirant.

Il tressaillit, la gouvernante s'étrangla. Elle attrapa la jeune fille par le bras.

— Grace Fairchild, ce ne sont pas des manières ! siffla-t-elle.

La demoiselle répondit d'un regard de parfaite innocence, avant de reporter son attention sur Aiden.

— Ce qui ne nous dit toujours pas ce que vous faites à Primrose Hill, Mr Jones.

Le bleu vert de ses yeux le clouait sur place. Il balbutia quelques mots avant de se rappeler de son excuse.

— Je… Je venais livrer un colis.

Elle pencha la tête et fit la moue.

— Votre paquet me semble bien invisible.

— Je l'ai déjà donné.

— Vraiment ? Et à quel numéro ?

Aiden se maudit une nouvelle fois. Il tenta de trouver une explication valable. Un cri lui fit tourner la tête. Le pixie se tenait toujours sur la corniche et se disputait sa proie avec deux fées et un gnome.

— À d'autres. Je vous ai vu épingler ce pixie l'autre jour sur Oxford Street. Vous êtes un chasseur de critters, non ? s'enquit alors la demoiselle.

La nanny lâcha une exclamation horrifiée à ces mots et raffermit sa prise sur le bras de sa protégée, qu'elle tira en arrière.

— Vous ne devriez pas vous abaisser à bavarder avec cet individu, miss ! Je suis sûre que c'est un de ces lascars puants qui traînent dans les égouts.

Les mots blessèrent le garçon.

— Je traque les critters pour que vous viviez en paix, madame ! répondit-il.

La remarque arracha un sourire mutin à miss Fairchild, tandis que la gouvernante toisait Aiden.

— Ah, parlons-en ! Nous sommes infestés de ces horribles bestioles ! Mais qu'est-ce que vous attendez pour nous en débarrasser ?

Il ignora les termes insultants de la nanny, car son cœur venait de marquer un bond. Il avait raison ! Enfin, Doreen avait raison ! Le foyer des critters se nichait bien dans les beaux quartiers.

— Des critters ! Vous les avez vus ? s'enquit-il.

Il réalisa la stupidité de sa remarque au moment même où il la prononçait. Ces gens n'étaient pas des Latents, bien sûr qu'ils ne les avaient pas vus... Mais miss Fairchild coula un regard éloquent vers la corniche où se bagarraient encore les pixies et les gnomes. Il en resta bouche bée.

Il n'eut pas le temps de poser la question qui lui brûlait les lèvres. Un mouvement attira son attention. Un homme de haute taille, vêtu d'un habit noir et coiffé d'un haut-de-forme, venait de sortir de la maison. Il avisa Aiden et son front se plissa de colère. Il leva la main. Aiden recula, la gouvernante tira miss Fairchild à l'écart. Une boule d'énergie bleue naquit dans la paume de l'inconnu et il l'envoya sur le garçon. Celui-ci esquiva d'un bond. Un deuxième projectile fusa en direction de sa tête. Il s'abaissa juste à temps, et évita un troisième d'une pirouette. Le quatrième le frappa violemment à l'estomac. Le souffle coupé, le chasseur vola sur plusieurs yards. Ses réflexes prirent heureusement le dessus et il parvint à rouler au sol, diminuant ainsi la force de l'impact. Aiden se releva, mais resta ramassé sur lui-même, prêt à déguerpir ou à se dérober à une nouvelle attaque.

L'homme était sorti sur le trottoir et ses paumes brûlaient de flammes bleutées. Il ne lâchait pas Aiden du regard. Il tendit encore la main.

— Daddy ! Non ! s'écria miss Fairchild.

Elle échappa à la poigne de sa domestique et s'interposa entre le garçon et l'homme.

— Grace…, gronda celui-ci.

Aiden ne savait que faire. Il avait très envie de fuir, mais avait reconnu l'énergie qui drapait le bras de l'inconnu. Il n'ignorait pas ce que représentait l'insigne épinglé sur son manteau : une couronne auréolée de flammes. Il avait devant lui un magicien royal, qui ne le raterait pas s'il tentait de détaler comme un lapin.

L'homme avait les mêmes yeux bleus que sa fille, les siens brûlaient pourtant d'un feu glacé. De haute taille, il arborait des favoris soigneusement entretenus et portait un complet impeccablement coupé. Tout son être respirait le luxe et l'arrogance.

— Grace, écartez-vous, gronda-t-il.

— Daddy, non ! Il m'a relevée alors que j'étais tombée. Vous savez comme je suis maladroite, plaida la jeune fille.

Envolée, l'espièglerie qu'il avait jusque-là sentie chez la demoiselle. Elle semblait terrifiée. Sa nanny accourut vers elle et posa sur ses épaules des mains protectrices. Deux serviteurs qui passaient par là marquèrent un large crochet pour éviter le groupe.

— Elle dit la vérité, lord Fairchild. Le petit n'a rien fait de mal, couina la gouvernante.

La femme, si agressive avec Aiden, paraissait maintenant effrayée. Lord Fairchild scruta le jeune garçon, qui n'osait toujours pas bouger.

— Ça ira pour cette fois, gronda-t-il. Mais que je ne te revoie plus ici.

Il se tourna vers sa fille.

— Quant à vous, vous devriez déjà vous trouver chez le tailleur.

— Oui, père, murmura la demoiselle avec une révérence.

Aiden jugea qu'il était temps de filer. Il se releva et salua les Fairchild, s'éloignant rapidement. Son cœur battait à tout rompre alors qu'il marchait dans les rues, quittant le quartier. Il s'en était fallu de peu. La peur laissa bientôt la place à l'excitation. Il avait vu un vrai magicien, de près ! Certes, il se serait bien abstenu de tâter ainsi de son pouvoir, mais tout de même ! Et puis, il avait trouvé les critters. Ne restait plus qu'à parvenir à chasser dans ce beau quartier sans se faire repérer et éconduire...

— Oh, Aiden ! Tu t'actives ou quoi ?

La voix sèche de l'épicier lui parut tonner dans le petit matin. Aiden se redressa comme si on l'avait piqué. Mr Harris le toisait avec une expression agacée.

— Oui, Mr Harris, couina le garçon.

Il rechargea son sac sur ses maigres épaules.

— On ne traîne pas ! lui cria son patron.

Aiden retint les paroles acerbes qui montaient. Ce n'était pas le moment de se montrer colérique. Il tituba sous le poids et se dirigea vers l'entrée des domestiques de la maison. Il sentait le regard de Mr Harris rivé sur lui et tint bon jusqu'au moment où il passa la porte. Là, il poussa un grand soupir et laissa tomber son sac.

Le cuisinier qui, aidé d'un marmiton, gérait l'arrivée des stocks, lui lança un regard dédaigneux. Il s'efforça de ne pas en tenir compte. Cela faisait deux semaines qu'il travaillait pour Harris l'épicier, deux semaines qu'il se brisait le dos à charroyer des provisions pour les luxueuses demeures de Primrose Hill.

— Apportez ça ici, voulez-vous, lui ordonna le domestique.

Ignorant ses muscles fatigués, le garçon traîna son sac à travers la cuisine. Ce faisant, il observa la pièce. Des fourneaux étincelants, de grandes marmites et des casseroles impeccables, une cheminée où brûlait un feu bleuté, témoin d'une dépense considérable d'essence magique, des cuisiniers en livrée blanche coupée dans le meilleur coton. Rien que de très normal dans ce quartier. Même le plus humble des serviteurs était mieux habillé qu'Aiden un jour de dimanche.

— Vous avez fini ? s'impatienta le cuisinier.

— Oui, oui, monsieur, maugréa-t-il.

Il maudit en silence l'épicier et tous les valets de Primrose Hill et traîna son sac dans la réserve. Puis il fit signer son bon de livraison.

Il repartit sans demander son reste ; de toute façon, cette maison ne l'intéressait pas : les critters l'avaient visitée quelques jours auparavant. Le garçon ressortit de l'office et alla retrouver Mr Harris, son employeur d'un temps. Celui-ci, un impressionnant colosse à la tignasse d'un blond roux et à la voix tonitruante où se nichaient parfois des traces d'accent écossais, avait garé sa charrette dans la rue à l'arrière de la demeure où s'ouvraient les quartiers des domestiques. Pour l'heure, il discutait avec animation en compagnie de deux hommes portant l'habit sombre des valets de pied. Aiden s'approcha timidement, dans l'espoir de capter des bribes de conversations intéressantes. Mais les deux parlaient de cet été qui n'en finissait plus et de l'automne qui tardait à s'installer. Et de toute manière, Mr Harris se tourna vers Aiden.

— Allez, on continue, gamin.

Il salua ensuite les domestiques et remonta dans la carriole. Aiden prit place à l'arrière, avec les sacs. Il ferma un instant les yeux. Tout son corps lui faisait mal. Il dut plonger dans le sommeil, car un cahot le réveilla. Il se redressa avant que Mr Harris ne réalise qu'il s'était assoupi. Malgré cela, l'homme le toisa avec suspicion.

— Si t'es trop fatigué pour bosser, faut le dire. Je prendrai quelqu'un d'autre.

Aiden sauta sur ses pieds.

— Non m'sieur. Pas fatigué ! s'exclama-t-il.

— Alors récupère ces sacs, veux-tu.

Aiden réprima un grognement et attrapa l'un des sacs que lui pointait Mr Harris. Alors qu'il peinait à le traîner à l'extérieur de la charrette, l'épicier était à nouveau en grande conversation avec un domestique.

Aiden grommela quelques insultes, avant de porter le tout vers les cuisines. Depuis qu'il travaillait pour Mr Harris, le même manège se répétait chaque jour : ils livraient les belles demeures de Primrose Hill et des environs. Harris bavardait avec les valets, tandis qu'Aiden trimait pour décharger les commandes. Et il était payé une misère pour cela, à peine de quoi payer son loyer à Doreen. Enfin, Aiden ne s'était pas engagé pour l'aspect lucratif de l'emploi…

Une nouvelle fois, le chasseur traîna son fardeau jusqu'à l'entrée des cuisines. Il régnait là une agitation sans pareil. Une femme d'une quarantaine d'années passait un savon à deux garçons. Les portes des placards et du garde-manger étaient ouvertes et une jeune fille était affairée à ramasser leur contenu qui gisait à terre. La cuisinière pivota vers Aiden et le foudroya du regard. Il connut un bref moment de panique, il n'aimait pas qu'on le fixe avec autant d'agressivité. Il se reprit. Après tout, il avait l'habitude d'amadouer les dames revêches avec Doreen, pas question de perdre son calme. « Allez, Aiden, tu peux le faire », tenta-t-il de se persuader.

La cuisinière l'observait avec colère.

— Eh bien quoi ? cracha-t-elle.

Aiden bredouilla quelques paroles, sa peur grimpant. Les autres domestiques s'étaient arrêtés pour l'étudier. Bon sang, qu'est-ce qu'il détestait ça ! S'il s'était écouté, il aurait pris ses jambes à son cou. Non. Il ne pouvait pas. Il n'arriverait à rien s'il fuyait ainsi. Il se força à sourire et à regarder la femme dans les yeux.

— Pardon, madame, c'est pour une livraison, commença-t-il.

— Ah. Ça, répondit-elle avec agacement.

— Je… Je tombe mal, peut-être ? s'enquit-il de son ton le plus poli.

D'un geste des bras, il désigna la cuisine.

— Je suis désolé si c'est le cas. Je peux demander à Mr Harris qu'il programme une autre livraison, quand cela vous arrangera le mieux.

La femme l'étudia, et Aiden resta suspendu à son regard. Puis, d'un coup, elle se détendit, avant de hausser les épaules.

— Oui, petit, tu tombes mal, mais tu n'y es pour rien.

Elle pointa le champ de bataille qu'était sa cuisine. Des casseroles gisaient partout et Aiden remarqua un carreau cassé.

— Vous avez été cambriolés ?

— Par ces saloperies de critters ! gronda la femme. Ils m'ont fauché la moitié de mon argenterie !

L'indignation faisait vibrer la voix de la cuisinière.

Le cœur d'Aiden bondit. Il devait entretenir la conversation pour en savoir plus, et donc lutter contre sa timidité naturelle. Il prit un air désolé.

— Un beau chantier, en effet, convint-il.

Il hésita un bref instant puis ajouta :

— J'ai entendu que les Mayer et les Parks avaient été volés aussi. Une sacrée affaire.

Elle hocha vigoureusement la tête, récompensant les efforts d'Aiden.

— Lord Coleman et la maisonnée Beasley y ont eu droit. Un bazar pas possible. Il y en avait de tous les côtés ! Des casseroles, des couverts. Ils ont même essayé de faucher une marmite !

— Nooooon ? feignit-il de s'extasier

La femme l'observa avec des airs de conspiratrice.

— Vrai de vrai !

Elle regarda autour d'elle et tira une chaise, invitant Aiden à s'y asseoir. Il obéit, jubilant intérieurement.

— Alors… ça s'est passé la semaine dernière…, commença-t-elle.

Aiden revint à la carriole de Mr Harris bien plus tard. Celui-ci l'attendait, fort mécontent.

— Eh bien ! Tu dormais ou quoi ? l'apostropha-t-il.

— Désolé. La cuisinière voulait tout contrôler, s'excusa-t-il.

En réalité, Mrs Kerry aimait parler et surtout partager les potins. Elle et lui avaient discuté un moment, échangeant des ragots sur les vols dans le quartier. Au départ, le garçon avait bafouillé et bredouillé comme à son habitude, puis il s'était enhardi, posant quelques questions. Il avait réalisé que la cuisinière avait envie de bavarder et qu'Aiden n'avait qu'à écouter pour obtenir les informations dont il avait besoin. Il s'en était un peu voulu de l'utiliser ainsi, Mrs Kerry était une gentille femme. Le jugeant bien trop maigre pour son âge, elle avait tenu à lui faire un sandwich à la viande, qu'il ne s'était pas fait prier pour engloutir.

L'épicier grommela des paroles peu flatteuses et fit signe à Aiden de prendre place à l'arrière.

— Allez viens, les livraisons vont pas se faire toutes seules.

Le jeune chasseur obéit docilement, en songeant que, dès le lendemain, Mr Harris allait devoir se débrouiller par lui-même, ou bien trouver quelqu'un d'autre à tyranniser. Car Aiden savait désormais quelles maisons de la rue avaient déjà été visitées et lesquelles restaient vides. Il pouvait deviner où allaient frapper les critters.

Chapitre 4

Chasse nocturne

La nuit était fraîche et Aiden resserra contre lui les pans de son manteau. Il faisait la planque dans Primrose Hill depuis trois jours et avait l'impression que l'automne s'était installé. Ou alors, c'était qu'il s'ennuyait tellement qu'il ressentait plus encore l'humidité.

Il étouffa un bâillement. Au loin, un chien aboya, mais Primrose Hill était silencieux. Le calme du quartier avait beaucoup surpris le jeune chasseur. Même au milieu de la journée, tandis que la vie battait son plein, on était bien loin de l'animation du reste de la capitale. Tout ici était plus… discret. Comme si les habitants avaient peur d'élever la voix. Les domestiques s'efforçaient de demeurer aussi invisibles que possible en tout cas.

Nouveau bâillement, Aiden se frotta les yeux. Il regarda aux alentours. La ville était plongée dans un brouillard puant, issu en partie des usines, mais le mauvais temps semblait éviter le quartier. Sûrement à cause des sceaux magiques à l'huile de critters qui l'entouraient. Le garçon fit quelques pas pour se dégourdir les jambes et reprit sa surveillance.

Les critters ne s'étaient pas montrés les premières nuits. Aiden avait attendu pour rien. Il commençait à se dire que cette soirée-là ne serait pas différente. Peut-être s'était-il trompé.

Minuit sonna. Il s'appuya un peu plus contre le mur où il se tenait. Ses paupières papillonnaient. Il sombrait dans une douce torpeur, quand des chuchotements le réveillèrent.

Aiden se redressa d'un bond et observa la rue. À la lumière des becs à gaz, il les vit : une troupe, le long des toits, qui brillait d'un éclat argenté. Il y avait trois fées qui voletaient, deux gnomes, quatre pixies et deux lutins. Une belle équipée en somme. Aiden attendit et les surveilla. Se disputant allégrement, ils progressèrent sur les toits jusqu'à atteindre une maison. Il la reconnut, c'était celle des Fairchild, là où il avait rencontré la demoiselle, sa gouvernante et son père magicien.

Les fées tournoyèrent un moment, avant de repérer un passage : l'une des fenêtres au premier étage n'était pas bien fermée. Aiden leva les yeux au ciel.

Franchement, les riches ne demandaient que ça, qu'on les vole. Le groupe s'engouffra dans la maison et bientôt, la lumière des critters déclina. Aiden attendit, puis commença à danser d'un pied sur l'autre et cette fois, le froid n'était pas le seul en cause. Mais qu'est-ce que ces idiots fichaient ? Ils ne s'étaient pas fait prendre au moins ? Avec ces stupides bestioles, on ne savait jamais, et Aiden avait besoin que les voleurs ressortent de là, afin de le mener au reste de la troupe.

Sa patience fut récompensée quand une lueur bleutée apparut derrière les vitres du rez-de-chaussée. Les critters revinrent, Aiden vit les fées voleter en cherchant une issue et se douta qu'ils devaient être bien trop chargés pour remonter les escaliers et repartir par où ils étaient entrés.

Durant de longues minutes, Aiden les observa errer dans la maison. Il pouvait imaginer les piaillements surexcités et les discussions qui devaient se tenir là. Que ces créatures pouvaient se montrer stupides ! Le garçon en était presque à se ronger les ongles, quand un gnome ouvrit enfin la fenêtre. La troupe poussa un cri de triomphe. Aiden secoua la tête. Mais comment ces idiots ne s'étaient-ils pas déjà fait repérer, surtout dans la demeure d'un magicien ?

Ils parvinrent finalement à sortir, les fées d'abord,

aidant les autres qui traînaient un énorme sac qui paraissait regorger de butin. Les lutins le lancèrent au sol, il atterrit avec un bruit sourd. Les critters se dépêchèrent de le ramasser et de traverser le jardinet pour rejoindre la rue. Aiden resta aux aguets. C'était là que tout se jouait.

Les créatures s'y mirent à plusieurs pour porter le sac. Le groupe tituba le long de la route et prit la direction de l'est. Aiden attendit, puis les suivit avec discrétion. Les critters marchèrent à une allure étonnamment rapide, compte tenu de leur charge et de leur petite taille et quittèrent le quartier de Primrose Hill et ses belles maisons. Aiden comprit vite où ils se rendaient : il y avait un accès aux égouts plus loin.

Il laissa donc une distance suffisante entre lui et les créatures, de manière à ne pas se faire repérer. Les rues étaient désertes, mais Aiden crut entendre des pas et l'écho de sabots. Il se retourna vivement plusieurs fois. Personne ne le suivait. Il était sur les nerfs.

Les critters finirent par atteindre l'une des entrées. Les gnomes se chargèrent de la déverrouiller, utilisant des tiges en métal qu'ils portaient au côté comme une épée. Puis ils plongèrent les uns à la suite des autres, les fées tenant le précieux sac. Le dernier gnome referma derrière eux.

Aiden attendit de longues minutes, puis il tira sa plaque, ouvrit l'accès et emprunta le même chemin. Il déboucha dans un conduit assez profond. Une brève panique le gagna alors que ses yeux s'habituaient aux ténèbres. Il se trouvait dans une portion des égouts qu'il ne connaissait pas bien et cela l'angoissait.

Aiden prit de grandes inspirations. Tout allait bien se passer. Il ferait comme d'habitude : mémoriser son parcours et tout se déroulerait parfaitement. Dans le pire des cas, son oncle lui avait appris une autre méthode pour s'échapper des tunnels. Il suffisait de repérer le sens de l'écoulement de l'eau et de le suivre. De cette manière, il avait plus de chance d'arriver à un connecteur et à une sortie, ou bien il pourrait toujours rejoindre la station de pompage d'Abbey Mills, à l'estuaire de la Tamise. Rassuré par cette pensée, Aiden s'engagea dans le labyrinthe souterrain.

Les critters s'étaient éloignés et on ne voyait plus d'eux qu'une lueur bleue fantomatique. Aiden avança avec précaution. Il avait déjà suivi des critters des dizaines de fois. Le tout était de ne pas se laisser distancer, tout en restant suffisamment discret pour ne pas être repéré. Le garçon marcha sur les parapets des conduits, semblables aux trottoirs des rues, quand le niveau était assez bas pour le lui permettre. Sinon, il pataugeait dans la fange.

Au fur et à mesure qu'il progressait, son malaise grandit. Quelque chose n'allait pas. Il mit cette sensation sur le compte de la nouveauté : après tout, il se trouvait dans une portion des égouts qu'il n'avait pas l'habitude d'explorer…

Les critters s'enfoncèrent dans les profondeurs des tunnels, traînant toujours le sac derrière eux. Il nota au fur et à mesure qu'ils avançaient que la température montait. De la sueur ruissela bientôt le long de son dos. Il commençait à se demander où les critters allaient, quand il remarqua que le passage s'agrandissait pour déboucher sur un connecteur, et de la lumière provenait de là. Rasant les murs, le jeune chasseur s'approcha. Il fronça les sourcils. Étrange, il distinguait bien l'habituelle lueur bleutée émise par les bestioles, mais il crut que s'y mêlaient aussi des nuances dorées. Il progressa de quelques pas.

Un piaillement inquiet retentit alors. Le garçon n'eut que le temps de se plaquer contre une paroi. Un pixie passa une tête dans le tunnel. Aiden cessa de respirer. Les petits yeux noirs de la créature scrutèrent l'obscurité, mais il ne repéra pas Aiden. Au bout de quelques instants, le critter repartit. Le chasseur souffla de soulagement.

Lentement pour produire le moins de bruits possible, il battit en retraite. Les critters étaient nerveux et aux aguets. Vu le vacarme, il y avait là un essaim conséquent, et Aiden préférait ne pas prendre le risque de le voir s'éparpiller en agissant de manière trop brusque.

Le garçon revint sur ses pas et retrouva l'extérieur, en proie à des sentiments mitigés. D'un côté, il était excité d'avoir repéré ce nid. Il ressentait pourtant une énorme frustration à l'idée de devoir continuer ses filatures et ses planques nocturnes.

Alors qu'il quittait le quartier pour regagner sa pension, il crut entendre marcher derrière lui. Il se retourna à plusieurs reprises. À chaque fois, il ne vit personne. Les rues étaient désertes.

Pressant l'allure, Aiden rentra à sa chambre le plus rapidement possible.

Fort heureusement, Aiden savait que deux propriétés voisines de la demeure des Fairchild n'avaient pas été visitées et qu'il y avait de fortes chances pour que les critters frappent là. Il reprit donc sa surveillance. Pendant deux nuits, les créatures se tinrent à carreau. La troisième, il repéra la bande.

Comme la fois précédente, ils entrèrent dans la maison et y fouinèrent un moment avant de ressortir et de s'enfuir aussi vite que leur lourd chargement de bijoux le leur permettait. Aiden les fila à bonne distance pour ne pas se faire voir. À nouveau, il eut la sensation d'être suivi, mais eut beau se retourner, il ne trouva rien. Le groupe de voleurs descendit dans les égouts, et Aiden s'y engagea à son tour.

Il avait craint un instant que les critters aient changé de cachette, mais ils prirent le même chemin, aussi le garçon leur laissa-t-il une confortable avance. Il progressa avec précaution, rasant les murs, sa lampe au minimum. Il l'éteignit carrément lorsque les piaillements des critters résonnèrent dans les couloirs. Aiden s'approcha du connecteur où la troupe avait élu domicile. Comme la fois précédente, il repéra la lumière bleue des critters, mais également cette drôle de nuance dorée qu'il n'avait jamais vue. Étrange. Peut-être qu'il s'agissait d'une autre sorte de critters ; Aiden avait entendu parler de *red caps* en Écosse et de selkies, créatures semblables à des sirènes, dans les mers irlandaises.

Curieux, le garçon s'avança. Le spectacle qu'il découvrit le laissa sans voix.

Le passage débouchait dans un connecteur, l'une de ces jonctions entre plusieurs branches d'égouts, où les souterrains prenaient des airs de cathédrale. Des piliers se dressaient là, entre les arrivées d'eau.

Et des centaines de critters étaient assemblés sur des embarcations de fortune. Il y en avait plus qu'il n'en avait jamais vu. Des fées, pixies, lutins, gnomes et *brownies* à n'en plus pouvoir. Ils riaient, piaillaient et chantaient. Partout, on se pressait pour accueillir le groupe qui revenait triomphalement. Aiden remarqua qu'ils paradaient avec le sac, mais l'apportaient insensiblement vers le fond du connecteur. La lumière dorée venait de derrière un pilier. Mais qu'est-ce que c'était ?

Aiden se décrocha le cou pour mieux y voir, sans succès. Avec précaution, il sortit de sa cachette. La forme derrière la colonne se révéla : la proue d'un bateau, chargé de bijoux, or et argent. Mais quelque chose d'autre se trouvait là et produisait cette lueur.

Tiraillé par l'envie d'avancer encore pour découvrir de quelle créature il s'agissait, Aiden finit pourtant par renoncer et battre en retraite. Il le saurait bien assez tôt quand il aurait capturé cet essaim. Il tâta ses poches. Ses filets étaient en place, il n'avait plus qu'à les poser au bout du tunnel. Puis il remonterait et prendrait un passage, de manière à déboucher de l'autre côté du connecteur. Là, il déclencherait les pétards qu'il avait achetés. Le bruit ferait fuir les critters et les précipiterait dans son piège.

Aiden recula avec précaution, même si, vu le boucan que faisaient ces créatures, ils n'avaient pas dû l'entendre arriver. Son dos heurta soudain quelque chose. Il se retourna.

— Surprise !

Le poing massif d'Alfie le percuta en pleine face et l'envoya en arrière. Aiden tomba dans le flot infecté et eut la présence d'esprit de retenir sa respiration. Il se redressa d'un bond. Un nouveau coup le fit replonger.

Quand il émergea de nouveau, c'était le chaos. Alfie, sa bande et trois garçons qu'il avait dû amener en renfort pour l'occasion s'étaient rués dans le connecteur. Les critters étaient venus à leur rencontre et combattaient avec une férocité qu'Aiden ne leur avait jamais vue. Lèvres retroussées sur leurs dents pointues, les fées harcelaient Jake. Les aiguilles de glace et boules de feu pleuvaient et les chasseurs devaient rivaliser d'agilité pour les éviter.

Les autres critters n'étaient pas en reste : des lutins et des gnomes tentaient de taillader les jambes d'Alfie et d'un de ses compères, tandis que plusieurs *brownies* armés de petits arcs tiraient sur les humains.

Deux compagnons d'Alfie parvinrent à passer le barrage et fondirent sur les critters restants. Ceux-ci s'enfuirent en criant, mais certains ne se montrèrent pas assez rapides. Coups de couteau, harpons, fléchettes, ils moururent par dizaines. Les autres filèrent par l'un des conduits qu'Alfie et sa bande n'avaient pas eu le temps de bloquer. Aiden, toujours figé par la stupeur, vit l'étrange lumière dorée décliner jusqu'à disparaître. Il sortit de sa torpeur au moment où Alfie reculait dans sa direction, entraînant avec lui une nuée de fées hurlantes.

Celles-ci se ruèrent sur Aiden. L'une d'elles fit quelques passes des mains, les autres l'imitèrent. Des boules de feu se formèrent dans leurs paumes et, d'un parfait ensemble, elles les lancèrent sur Aiden. Stupéfait, le garçon les vit se regrouper pour former une sphère aussi grosse que sa tête. Il ne l'évita que de justesse. Quelque chose frappa sa joue. Les fées avaient distrait son attention pendant que deux lutins l'escaladaient et tentaient de le poignarder. Aiden cria et attrapa les bestioles, les jetant au loin. Les fées renouvelèrent leur attaque et Aiden fut forcé de reculer pour se protéger. Les féroces créatures réussirent quand même à passer sa défense pour le mordre au cou. Les doigts d'Aiden trouvèrent l'un de ses couteaux. Il décrivit de larges arcs de cercle et parvint à faucher ses assaillantes.

Alfie, lui, avait tué les fées qui le harcelaient. Dans le connecteur, les cris et les étincelles des sortilèges des critters diminuaient, les autres devaient terminer leur horrible massacre. Il était temps de filer. Mais Alfie en avait décidé autrement. Il se tourna vers le jeune chasseur, qui lut dans ses yeux agrandis par la rage une volonté de faire encore couler le sang. Avec un grand cri, il se rua sur Aiden. Le garçon recula précipitamment et esquiva la lame de son adversaire. Alfie n'en resta pas là, il enchaîna attaque sur attaque, ses mouvements devenant flous tant ils étaient rapides. Aiden ne dut sa survie qu'à ses réflexes et son agilité. Il se baissa, sauta et pirouetta pour éviter d'être blessé.

Alors qu'Alfie réarmait pour un coup, Aiden vit une ouverture dans la défense de son ennemi. Il se jeta presque dans l'eau. La lame siffla à son oreille. Au même moment, son bras se détendit et projeta son propre couteau. Touché à la jambe, Alfie poussa un cri mêlant colère, souffrance et surprise. Aiden ne demanda pas son reste, il tourna les talons et fila. Tandis qu'il courait en sens inverse, il ressentit une douleur cuisante dans le biceps gauche. Il cria, mais ne s'arrêta pas pour autant.

Il remonta les couloirs, empruntant le même chemin qu'à l'aller. Son cœur battait à tout rompre, un liquide chaud gouttait le long de son bras. Il atteignit heureusement l'entrée par laquelle il était arrivé. Ignorant la douleur, il se hissa à la surface et referma la bouche derrière lui. Il se laissa tomber au sol, tremblant. Il ne parvenait pas encore à comprendre ce qui s'était déroulé en bas.

Aiden essuya la sueur qui coulait le long de son front, avant que la souffrance ne lui arrache un gémissement. Il passa sa main sur son bras et la découvrit poisseuse de sang. Alfie l'avait éraflé avec un de ses couteaux. La manche de son manteau de cuir avait encaissé le plus gros du choc. Aiden grimaça et se leva sur des jambes chancelantes. Il tituba sur quelques pas, mais dut s'appuyer à un réverbère pour reprendre ses esprits.

— Bonsoir, lança-t-on juste à côté de lui.

La voix le fit tressaillir, son cœur s'emballa. Aiden recula en trébuchant, mais parvint à récupérer un de ses couteaux, qu'il brandit.

Il l'abaissa quand il vit que devant lui se tenait une jeune fille, accoudée contre un réverbère. D'où sortait-elle ? Aiden était presque sûr qu'il était seul dans la rue jusque-là.

La nouvelle venue portait un pantalon élimé et une veste bien trop grande pour elle. Avec un choc, il reconnut cette frimousse piquée de taches de rousseur et cette chevelure d'un blond roux. Grace Fairchild.

— Bonsoir, Mr Jones. Quelle surprise de vous découvrir là. Si je ne vous savais pas chasseur de critters, je me demanderais pourquoi je vous rencontre une nouvelle fois à Primrose Hill.

Elle adressa un sourire ironique à Aiden, qui était trop abasourdi par ce qui venait de se passer.

— Vous ne devriez pas vous trouver ici, parvint-il finalement à articuler.

Elle éclata d'un rire cristallin.

— Je n'arrivais pas à dormir, j'ai donc décidé d'aller faire un tour. C'est étonnant ce qui se passe de nuit… Alors, qu'a donné la chasse ? Rien de bien folichon, vu ton air dépité, j'en ai peur…

La situation dépassait complètement le garçon.

— Vous… vous ne devriez vraiment pas vous trouver ici, répéta-t-il.

Il regarda nerveusement en direction de l'entrée des égouts. Il fallait qu'il s'en aille, Alfie et les autres pouvaient revenir à tout instant. Aiden laissa miss Fairchild et s'engagea dans la rue, décidé à mettre le plus de distance possible entre lui et la bouche d'égout. La demoiselle lui emboîta le pas. Ça ne surprit pas Aiden, qui commençait à comprendre qu'il ne se débarrasserait pas d'elle aussi facilement.

— Ils t'ont suivi, n'est-ce pas ? lança-t-elle en trottinant après lui.

Devant la mine d'Aiden, elle ajouta :

— Le rouquin bovin et sa troupe de gros bras. Je

les ai vus. De sales gars. Heureusement que je sais me montrer discrète, je n'aurais pas aimé qu'ils me repèrent.

Malgré lui, il lâcha un rire nerveux. Le regard de la fille tomba sur son biceps. Elle s'arrêta net et coupa la route à Aiden.

— Oh non ! Tu es blessé !

Il sentait de l'horreur et de l'inquiétude, mais pas vraiment de peur. Elle se rapprocha pour inspecter sa plaie. Aiden recula de quelques pas, sur la défensive. Miss Fairchild leva les mains dans un geste apaisant.

— Du calme. Je veux juste vérifier que tu vas bien… C'est eux qui t'ont fait ça, non ?

— Ne vous occupez pas de ça et rentrez vous mettre en sécurité chez vous, bougonna Aiden.

— Je peux t'aider, tu sais, déclara-t-elle.

— J'en doute, mais merci quand même, répondit sèchement Aiden.

Son bras lui faisait mal, il était épuisé, la dernière chose dont il avait envie était de discuter avec une fille de bonne famille qui avait fichu le camp de sa douillette chambre au beau milieu de la nuit. Il fit mine de s'éloigner. À nouveau, elle s'interposa.

— Je pourrais dire à mon père que tu traînes encore ici, gronda-t-elle.

La mention du magicien au regard d'acier qui avait

si rudement corrigé Aiden lui arracha un tressaillement. Il bredouilla avant d'arriver à lâcher d'une traite :

— Que voulez-vous ? Me ramener dans votre belle demeure et panser mes plaies ?

À nouveau, elle rit.

— Tu es chasseur de critters, non ?

— Et alors ?

— Tu sais ce qu'ils manigancent dans les tunnels ? Pourquoi cambriolent-ils les riches maisons ?

— Qu'est-ce que ça peut bien vous faire, les critters ? Vous ne les voyez même pas, vous…

Aiden s'arrêta net alors qu'une idée traversait son esprit. Bon sang ce qu'il pouvait se montrer lent par moments ! Comment avait-il fait pour ne pas comprendre dès qu'il l'avait vue ? Elle l'avait regardé chasser le pixie dans Oxford Street. Elle avait tourné la tête en direction de la gouttière où se bagarraient les critters, tandis que sa nanny n'avait pas bougé. Elle avait réussi à passer totalement inaperçue deux fois en pleine rue, trompant Alfie et sa bande et surprenant Aiden. Un seul type de personne possédait ce genre de talent.

— Vous êtes une Latente, déclara-t-il.

Elle effectua une révérence aussi élégante qu'ironique.

— On ne peut rien te cacher. Et tu peux me tutoyer et m'appeler Grace.

Aiden ignora la remarque et poursuivit son raisonnement.

— C'est vous qui avez laissé la fenêtre ouverte pour les critters l'autre soir.

— Exact.

— Pourquoi ?

— J'avais noté leur manège, et le fait que je n'arrête pas de te voir dans le quartier m'a mis la puce à l'oreille.

Aiden se demanda si cette fille n'avait pas utilisé son don pour passer inaperçue pour l'observer quand il travaillait pour Mr Harris. Cette pensée lui arracha un frisson. Mais qu'est-ce qu'elle lui voulait ? Il recommença à marcher et elle le suivit.

— Pourquoi vous intéresser à tout cela ? lança Aiden.

Et, sur l'impulsion du moment, il rajouta :

— Vos jolies robes et vos poupées ne suffisent pas à vous divertir ?

Si les regards avaient pu tuer, il serait mort foudroyé sur place.

— Sache, jeune impertinent, que je ne me contente pas de banals amusements. Il me faut plus pour piquer ma curiosité et maintenir mon intérêt éveillé. Les critters sont un sujet tout à fait fascinant. J'ai laissé ma fenêtre ouverte parce que j'étais intriguée et je voulais découvrir ce qu'ils allaient faire.

— Voler, bien évidemment, grommela Aiden, agacé par cette fille.

— Oui, mais pas n'importe quoi, répliqua-t-elle.

Devant le regard du garçon, elle ajouta :

— Ça fait un moment que je les étudie. D'ordinaire, les critters volent en priorité la nourriture, et quelquefois de vieux vêtements, ou de quoi fabriquer leurs outils. Leurs habitudes ont changé il y a plusieurs semaines. J'ai laissé des gâteaux plusieurs fois bien en vue, à côté d'une bague en or, et ils ont préféré le bijou.

Aiden fronça les sourcils, intrigué malgré lui.

— Mieux, ils sont attirés par les métaux précieux : l'or et l'argent, poursuivit Grace. J'ai vérifié en laissant deux bijoux, un collier en or, et une babiole achetée au marché. Ils ont récupéré le premier et délaissé le deuxième.

Aiden songea à cette étrange lumière dans les souterrains et à ce tas de richesses. Qu'est-ce que cela signifiait ? Il prit conscience du regard de Grace Fairchild rivé sur lui. Il avait une intensité qui le mit mal à l'aise. Il eut envie de prendre ses jambes à son cou et de regagner la pension de Doreen au plus vite.

— Que voulez-vous ? grommela-t-il.

Elle lui sourit.

— Qu'est-ce qui te fait dire que je veux quelque chose ?

Il s'embrouilla dans les mots, ce qui lui valut un rire moqueur. Il parvint enfin à organiser ses pensées, et s'apprêtait à rétorquer à cette miss Fairchild qu'il ne croyait pas qu'elle aurait enfilé les vieux vêtements de son jardinier, aurait bravé les ordres de son père et risqué de rencontrer Crazy Alfie juste pour discuter. Grace le devança.

— Je veux que tu m'apprennes ce que tu sais sur les critters.

— Pardon ?

— Enseigne-moi ce que tu sais sur eux, les différentes races, leurs habitudes, leurs modes de vie.

La demande laissa Aiden sans voix. Mais pourquoi cette fille exigeait-elle ça ? Elle n'avait pas d'autre passe-temps ? Le piano ? Le chant ? Trouver un beau parti ?

— S'il te plaît, insista-t-elle, j'ai vraiment envie de comprendre les critters. Ils sont si fascinants. Bien plus que la plupart des humains que je connais.

Aiden ne savait plus quoi penser. Cette soirée était décidément bien trop étrange. Il se sentait trop fatigué pour cette conversation et son bras gauche lui faisait un mal de chien. Sans compter qu'Alfie et sa bande risquaient de revenir, une fois leur carnage terminé, et qu'il se trouvait encore bien trop près d'eux à son goût. Il marcha durant quelques instants, miss Fairchild à ses côtés.

— Je… Je vais y réfléchir, maugréa-t-il au bout d'un moment.

Il avait la sensation que la demoiselle ne se satisferait pas d'un non définitif. Autant partir pour l'instant et aviser par la suite. Elle hocha la tête et s'arrêta, le laissant continuer. Ils avaient presque traversé Primrose Hill et Aiden apercevait la lumière des sceaux magiques en aval.

— Je peux te payer, tu sais, lança-t-elle alors qu'il s'éloignait.

Aiden ne releva pas.

— Vous devriez rentrer chez vous maintenant. Les rues ne sont pas sûres pour une jeune fille de votre condition, lui répondit-il.

À la lueur des becs de gaz, ses yeux étincelèrent de colère. Enfin, ce n'était pas son problème. Tout ce qu'il voulait désormais, c'était aller dormir.

Aiden réalisa bien vite qu'il avait surestimé ses forces, et crut qu'il n'atteindrait jamais la pension. Il se traîna à travers les rues de Londres et dut plusieurs fois s'arrêter, de peur de s'évanouir. Son bras gauche le cuisait, son corps entier n'était que douleur et fatigue. Seule la pensée de ce qui lui arriverait s'il s'endormait là, dans une rue, le maintint sur pieds.

Le jour se levait lorsqu'il rejoignit enfin la pension. Il espérait pouvoir rentrer discrètement, mais Doreen était d'humeur matinale et balayait la cour intérieure. Elle s'interrompit et se planta devant Aiden.

— Mr Jones ! l'interpella-t-elle. C'est à cette heure-ci que vous rentrez ?

Quand sa logeuse lui donnait du « monsieur », cela signifiait que l'heure était grave. Mais il n'avait pas le cœur à s'en préoccuper. Doreen dut s'en apercevoir, car son expression furieuse s'effaça de son visage.

— Bon sang… Dans quel état tu t'es mis ? soupira-t-elle.

Aiden parvint à hausser les épaules, avant de tomber. Doreen le rattrapa. Elle l'aida à retirer son manteau – grimaçant devant la blessure à son bras – et le reste de son équipement.

— J'appelle le docteur Clarke ! décréta-t-elle.

— Non, protesta faiblement Aiden. J'ai pas d'argent pour le payer.

— Et s'il ne vient pas, tu vas y rester. T'as une méchante plaie qui a mariné dans les égouts.

Le garçon secoua la tête. Sa vision commençait à s'obscurcir.

— Si je te laissais y passer comme ça, ton oncle reviendrait me hanter, grommela Doreen.

Aiden ne trouva rien à redire, d'autant plus que ses forces le lâchaient. Lentement, il glissa dans l'inconscience.

Le docteur Clarke déclara à Aiden que Doreen lui avait probablement sauvé la vie en l'appelant. Il nettoya et sutura la plaie du mieux qu'il put, et désinfecta les morsures et éraflures qu'il avait récoltées au cours du combat. Sur ses conseils, la logeuse prépara des tisanes fortifiantes pour Aiden, qui en fut quand même quitte pour une infection et trois jours de fièvre.

Il dut après cela se reposer deux semaines tant la blessure l'avait affaibli. Aiden commença à se sentir mieux alors que l'automne était bien installé dans Londres.

L'automne… Une drôle de saison, car la météo alterna entre un soleil ardent comme un mois de juillet et des pluies qui inondèrent une partie de la ville. Aiden préféra demeurer à la pension pour récupérer des forces.

Un matin, il se sentit mieux, aida Doreen à préparer le repas – une manière de la remercier de ce qu'elle avait fait pour lui – avant de déclarer qu'il voulait prendre l'air.

Ses réserves d'argent avaient fondu, il ne lui restait plus que quelques pièces. Malgré tout, Aiden étouffait dans sa chambre, et il en avait assez de la cuisine fade de Doreen. Il devait sortir.

Il se promena un moment dans le quartier puis poussa la porte d'un *pub*, le *White Queen*. Il y régnait une ambiance chaleureuse et animée, qui surprit Aiden, avant qu'il réalise combien cela lui avait manqué : la présence d'autres personnes. Sa chambre était bien trop déserte.

Aiden commanda une chope d'ale et une tourte et s'installa dans un coin, se laissant bercer par les conservations. Il commençait à glisser dans une douce torpeur, quand des mots attirèrent son attention.

— Au fait, vous avez vu Crazy Alfie ?

Le garçon se redressa et tourna la tête en direction du groupe qui parlait. Il s'agissait de trois jeunes hommes d'une vingtaine d'années, qu'Aiden reconnut : ils chassaient de temps en temps pour arrondir leurs fins de mois.

— Qu'est-ce qu'il a fait encore ?

— Lui et sa bande ont ramené pas loin de cent cinquante critters d'un coup. Z'ont empoché une sacrée prime !

— Et je parie qu'il a déjà commencé à la boire…

Les trois éclatèrent de rire. Aiden, lui, n'avait pas le cœur à se réjouir. Un goût amer lui emplissait la bouche. Il termina bien vite son verre et son assiette et sortit, rentrant directement à la pension.

Les jours suivants, il reprit la chasse, mais celle-ci se montra bien maigre. Les critters se cachaient. Aiden parvint tout juste à récolter de quoi payer son loyer à Doreen et acheter un peu de nourriture.

Il croisa Alfie et sa bande qui paradaient dans les rues et se dissimula pour ne pas être vu. Ils étaient ivres morts et beuglaient des insultes en direction des passants. Aiden se rappela leur visage déformé par la haine de tuer alors qu'ils massacraient les critters sans discernement. Et dire que c'était eux qui avaient empoché l'argent !

L'argent… L'un des plus gros problèmes d'Aiden. Un soir, tandis qu'il comptait les maigres pennies qui lui restaient, le garçon réalisa qu'il ne pouvait plus continuer comme ça. Il refusait toujours d'entrer dans une bande de chasseurs, et la traque en solo ne payait plus assez. Les paroles de miss Fairchild lui revinrent en mémoire. Elle était riche. Peut-être était-il temps de retourner la voir...

Chapitre 5

Miss Fairchild

Une nouvelle fois, Aiden faisait le guet dans les élégantes rues du quartier de Primrose Hill. Mais cette nuit-là, il ne surveillait pas les critters. Quoique, la créature qu'il attendait allait se révéler aussi énervante que les fées et autres gnomes, en avait-il l'intuition.

Il avait utilisé ses derniers pennies pour payer une gamine, qui avait réussi à faire passer un mot à Grace Fairchild. Il lui demandait – si elle était toujours intéressée – de le retrouver à la nuit tombée là où ils s'étaient rencontrés ce fameux soir. Il espérait qu'elle viendrait. En tout cas, elle prenait son temps.

Aiden souffla sur ses mains engourdies par le froid. Il faudrait qu'il se rachète une paire de gants, le temps avait bien fraîchi au cours des précédents jours. L'argent... On y revenait encore. Cela agaçait le garçon de devoir dépendre des humeurs d'une pimbêche.

Cela dit, il n'avait guère le choix. L'hiver approchait, période creuse pour la chasse. Les critters diminuaient en effet leurs activités et il devait à tout prix trouver une source de revenus complémentaires.

Il s'était renseigné sur les Fairchild, traînant dans le quartier et parvenant à écouter les conversations des domestiques. Ils étaient riches, car lord Fairchild était un magicien impérial important. On murmurait qu'il deviendrait le premier magicien de Sa Majesté une fois que Lord Percival aurait pris sa retraite.

D'après ce qu'Aiden avait pu découvrir, Miss Fairchild n'avait plus de mère, celle-ci était morte quelques années auparavant. Le foyer comptait deux autres enfants, plus jeunes que Grace.

Visiblement, Miss Fairchild ne manquait de rien, sa famille avait de l'argent, elle avait un splendide toit au-dessus de sa tête et profitait de toutes les commodités de la noblesse londonienne. Elle avait sûrement une armée de domestiques à ses ordres. Aiden s'interrogeait donc : qu'est-ce qui pouvait la pousser à faire le mur pour chasser le critter ? L'attrait de l'interdit, peut-être. Un ennui mêlé de curiosité, sans doute. Enfin, si cela lui permettait de se faire quelques shillings facilement…

Aiden attendit un moment. Il commençait à se demander s'il n'allait pas rentrer chez lui, quand des bruits de pas résonnèrent dans la nuit. Le garçon tendit le cou, mais ne vit rien. Et soudain, il sentit une présence à côté de lui et se tourna. Miss Fairchild se tenait à côté de lui, un sourire moqueur aux lèvres. Comme la dernière fois, elle portait une veste et un pantalon. Elle avait probablement dû voler cela à l'un des domestiques. Au jardinier peut-être.

— Bonsoir, Aiden Jones, le salua-t-elle.

— Miss Fairchild.

Elle lui adressa un regard réprobateur.

— C'est Grace.

— Grace, répéta-t-il à contrecœur.

Tant de familiarité ne lui plaisait guère. La jeune fille s'arrêta devant lui et l'étudia.

— Tu as moins mauvaise mine que la dernière fois que je t'ai vu. Enfin, ce n'est pas très compliqué.

Il ne lui répondit pas, aussi poursuivit-elle :

— Si tu m'as envoyé ce message et que tu es là, c'est que tu as réfléchi à ma proposition, non ?

Il acquiesça.

— Je veux que tu m'apprennes ce que tu sais sur les critters.

— Que désirerez-vous ? Les chasser ?

— Non. Ça, je te le réserve.

Aiden haussa les sourcils et révisa sa première opinion. Grace Fairchild n'était peut-être pas une jeune fille en manque de sensations fortes, qui espérait goûter la vie d'un prolétaire. Apparemment, la raison de son intérêt pour les critters était tout autre.

— Je te l'ai dit. Le sujet me passionne et je souhaite me documenter sur ces créatures. Où vivent-elles ? Que mangent-elles ? Quels sont leurs pouvoirs ?

Comme il ne répondait rien, elle ajouta :

— Je payerai. Cinq shillings par leçon.

C'était une jolie somme. Aiden songea un instant à exiger plus, mais un éclat dans le regard de miss Fairchild l'en dissuada. Elle semblait bien plus rusée que lui. S'il tentait de négocier avec elle, il n'était pas sûr d'avoir l'avantage. Malgré tout, il tenait à prendre ses précautions avec elle.

— Ce sera salissant. Si vous voulez vraiment voir les critters de plus près, il faudra descendre dans les égouts.

— Ça ne me fait pas peur, déclara-t-elle d'un ton bravache.

— Je chasse pour vivre. Je tue les critters. Il y aura du sang et des boyaux…

Elle haussa les épaules.

— Ce sera fatigant et éprouvant nerveusement.

— J'ai déjà survécu à pire lors de sorties officielles.

Aiden ne doutait pas que se gaver de petits fours avait dû être atroce… Il ravala la réplique cinglante qui montait et poursuivit :

— Il vous faudra de l'équipement.

Elle lui tendit une bourse tintante de monnaie.

— Achète ce dont nous aurons besoin, déclara-t-elle.

Aiden ouvrit le porte-monnaie et songea vraiment à augmenter le tarif de ses leçons. Vu la somme, il pouvait aisément acquérir ce qu'il fallait et payer ses loyers en retard auprès de Doreen. Il jeta un coup d'œil à la jeune fille qui l'observait d'un air impassible. Il avait déniché la poule aux œufs d'or. Il tenait pourtant à être sûr qu'elle savait dans quoi elle s'engageait.

— Votre père n'est pas d'accord, je suppose…

Une ombre de peur passa sur le visage de Grace, rapidement remplacée par un sourire ironique.

— Non, voyons. Il adore que je me faufile hors de ma chambre de nuit pour aller rencontrer des chasseurs de critters.

Malgré lui, Aiden se prit à sourire. Elle avait du tempérament, on ne pouvait pas lui enlever cela.

— S'il vous attrape, que ferez-vous ?

— C'est mon affaire, rétorqua-t-elle d'un ton sans appel.

— C'est aussi la mienne, s'il me sait impliqué, répliqua Aiden.

— Si nous sommes découverts, je prendrai le blâme, tu as ma parole d'honneur.

Voyant qu'il hésitait, elle ajouta :

— Je le jure sur la tombe de ma mère.

Son visage s'était assombri, et étant donné la dureté de sa voix quand elle lui avait répondu, le garçon se doutait que pour la jeune fille, ce n'étaient pas des mots en l'air.

— De toute manière, ce n'est pas la première fois que j'échappe à la surveillance de Nanny et des autres. Je peux passer inaperçue.

Ça, Aiden l'avait remarqué, et la demoiselle en était fière, car elle afficha un sourire arrogant et toisa le chasseur, comme si elle voulait le mettre au défi de l'imiter.

— Je peux facilement m'esquiver les mardis matin et jeudis après-midi.

— Pourquoi ces dates particulièrement ?

— Oh, j'ai un… arrangement… avec mon professeur de piano. Disons qu'il préfère enseigner à l'une des filles de chambre – je ne lui donne pas tort, je suis une musicienne horrible.

Elle émit un petit rire à ces mots, avant de reprendre :

— En échange, il accepte d'oublier que je sors, et occupe Nanny quand elle commence à fouiller un peu trop.

— Et les domestiques ? s'enquit Aiden.

— La cuisinière est au courant, mais ne me dénoncera jamais à mon père. Elle m'aime trop pour cela et a peur de ce qu'il me ferait. Pour les autres, j'ai de quoi les faire taire.

Ses yeux avaient pris un éclat dur, et Aiden prit note de ne jamais trop la contrarier.

— Les horaires ne sont pas idéaux. Il y aura du monde dans les rues et peut-être dans les égouts. Mais on s'arrangera.

— Parfait. Commençons mardi alors. Tu viendras me chercher chez moi. Tu guetteras un moment où personne ne te regarde et tu frapperas à la grande porte.

L'idée n'enchantait pas Aiden, qui la trouvait bien trop risquée. Malheureusement, la demoiselle ne lui laissa pas le loisir de la contredire.

— Ne sois pas en retard ! l'avertit-elle.

Sur ces mots, Grace Fairchild tourna les talons et s'en alla, plantant là un chasseur qui se demandait s'il ne s'était pas fourré dans un drôle de pétrin.

La première leçon avec Grace Fairchild commença la semaine suivante. Comme convenu, Aiden se rendit à Primrose Hill et rejoignit la maison de Grace. Les avenues étaient un peu animées en ce début de matinée – la plupart des propriétés recevaient leurs livraisons – et Aiden était nerveux. Passants et domestiques lui jetaient des regards suspicieux, et le garçon devait rassembler toute son énergie pour ne pas s'enfuir en courant.

Il attendit patiemment. Au bout d'un moment, les valets et les badauds désertèrent la rue. Aiden ne savait pas s'il aurait d'autres occasions. Il traversa le jardinet, monta le perron et alla sonner à la grande porte de la demeure des Fairchild. Un élégant carillon retentit. Les mains d'Aiden commencèrent à trembler. Mais qu'est-ce qu'il fichait là ? Certes, cette fois, il avait réfléchi à une excuse plausible pour sa présence à Primrose Hill : il venait délivrer un message à la famille Fairchild. Malgré tout, sa nervosité grandissait de minute en minute. Il allait se faire chasser dans le meilleur des cas. Dans le pire…

La porte s'ouvrit et la frimousse de miss Fairchild apparut dans l'embrasure. D'un coup d'œil, elle vérifia qu'effectivement personne ne se trouvait dans la rue, puis elle attrapa Aiden par le col et le tira à l'intérieur.

— Tu as ce qu'il faut ? lui demanda-t-elle sans lui laisser le temps de respirer.

Machinalement, tout en bredouillant quelques paroles, il lui tendit le sac qu'il avait apporté. Celui-ci contenait des bottes, un pantalon et un paletot. Il espérait que tout cela serait à la taille de Grace.

— Parfait, je vais me changer.

La jeune fille fila derrière une porte, plantant Aiden au beau milieu d'un gigantesque hall au sol marbré. Il prit conscience qu'il faisait bon dans la maison : l'air était tiède et parfumé, comme si des bouquets de fleurs étaient disposés un peu partout. Il faisait clair aussi, et la lumière ne venait pas uniquement des fenêtres. Aiden leva la tête. Des dalles luisaient dans le plafond. C'était elles qui produisaient la clarté qui baignait la pièce, et peut-être elles qui diffusaient cette senteur florale. Tout cela était magique, il en avait la conviction, et cette prise de conscience lui donna le tournis.

Grace ne tarda heureusement pas et revint habillée de pied en cap. Sa lourde chevelure dorée était remontée en un chignon caché sous une casquette. Sa mince silhouette disparaissait sous le cuir huilé. Elle affichait un sourire rayonnant.

— Êtes-vous sûre de tout cela ? tint quand même à lui demander Aiden.

— Parfaitement. Le professeur de piano est ravi de trouver une élève plus douée que moi. Écoute.

Aiden tendit l'oreille. Des notes de musique lui parvinrent de derrière une porte plus loin dans le hall. Le garçon n'était pas expert, mais la mélodie était plaisante.

— Mon père est parti pour la journée et Nanny doit s'occuper d'Albert et d'Elizabeth. Nous avons la matinée.

Aiden espérait qu'elle disait vrai. Grace semblait surexcitée. Ses yeux brillaient et ses gestes étaient rapides et nerveux. Le jeune chasseur lui aurait bien dit de se calmer, mais autant vouloir arrêter une tornade. Grace alla voir à la porte d'entrée, qu'elle entrouvrit.

— Ah. Il y a du monde. Ce n'est pas grave, on va passer par la salle des machines.

Elle attrapa Aiden par le bras et le traîna à travers les couloirs jusqu'à un escalier. Le cœur du garçon battait à tout rompre, terrifié qu'il était à l'idée de rencontrer un domestique sur le chemin.

Grace connaissait visiblement son affaire, car ils ne croisèrent personne et débouchèrent dans une pièce en sous-sol. Une chaleur moite mêlée à un grondement sourd accueillit Aiden. Il se figea en bas des marches, devant un monstre de métal et de rouages. La machine émettait un ronflement et crachait des jets de vapeur. Des tuyaux hérissaient l'ensemble et s'enfonçaient dans les murs. Aiden avisa une trappe derrière laquelle jaillissaient des flammes au contour bleuté.

— C'est la machine de la maison, expliqua Grace, celle qui nous chauffe en hiver, nous refroidit en été, nous donne de la lumière, sèche le linge et fait bouillir l'eau de la chaudière.

Aiden faillit demander si elle préparait le thé en prime, mais Grace ne lui en laissa pas le temps. Elle l'attrapa par le coude et le tira jusqu'à une autre volée de marches au bout de la pièce. Elle menait à une porte, qui débouchait dans la rue. Grace vérifia que personne ne se trouvait là, puis elle se glissa dehors, Aiden à sa suite. Ils s'éloignèrent rapidement. Sous ses airs assurés, Grace était nerveuse et jetait de fréquents coups d'œil autour d'elle. Elle ne se détendit que lorsqu'ils eurent passé les sceaux magiques qui délimitaient l'entrée de Primrose Hill.

— Bien. Où allons-nous maintenant? s'enquit-elle.

— À quelques rues. J'ai repéré des critters.

Ils quittèrent les rues principales pour leur préférer des avenues moins fréquentées. Grace ne parlait pas, mais observait. Aiden, lui, l'étudiait à la dérobée. Dans quoi s'était-il encore fourré ?

Ils atteignirent finalement l'une des entrées des

égouts, qu'Aiden déverrouilla et dont il ouvrit la trappe. Comme il s'y attendait, Grace suffoqua et lâcha un cri horrifié quand l'odeur lui parvint. Elle recula et porta la main devant sa bouche, luttant contre un violent haut-le-cœur.

— Ce sera pire en bas, l'avertit Aiden.

Le teint de Grace avait viré au gris et elle se retenait à grand-peine de vomir.

— On finit par s'y habituer, ajouta-t-il charitablement. Mettez votre foulard devant votre bouche.

La jeune fille s'exécuta. Son regard avait pris une dureté d'acier. Elle hocha la tête en direction d'Aiden pour lui signifier qu'elle était prête.

— Nous y allons. Surtout, restez près de moi, vous ne retrouveriez jamais votre chemin sans moi.

Elle acquiesça. Aiden, suivi par miss Fairchild, passa le premier. Pour une première expédition, le chasseur avait choisi un accès peu profond. Malgré tout, il vit Grace se raidir quand il referma la trappe, les plongeant dans les ténèbres. Il alluma sa lampe, dont le faisceau bleuté éclaira les lieux.

— C'est une lampe à essence magique ! s'enthousiasma Grace toute peur envolée. Et tu l'as cachée dans une vieille carcasse ! Impressionnant.

Aiden, malgré lui, se rengorgea sous le compliment. Grace gâcha le moment en attrapant la lampe sans autre forme de procès.

— Eh ! s'écria-t-il.

Elle ne tint pas compte de sa protestation et tourna et retourna l'objet sous toutes les coutures.

— Intéressant... murmura-t-elle.

D'un geste vif, Aiden récupéra son bien et le cala de nouveau sur sa tête.

— Ne touchez pas à ma lampe ! Sans elle, nous serions dans l'obscurité, et bonjour pour retrouver la sortie.

Grace croisa les bras et lui lança un regard noir plein de défiance. Aiden songea qu'il allait s'amuser pour apprendre les règles de prudence à son élève.

— Bon, allons-y, soupira-t-il. Mais pas de bruit. Faites comme moi.

— Mais oui... s'agaça la jeune fille.

Aiden ouvrit la marche, Grace derrière lui. Les bruits de succion qu'elle produisait en levant les pieds l'énervèrent rapidement. Alors qu'ils arrivaient à un croisement, Aiden se tourna vers elle.

— Vous n'avancez pas comme il faut ! lança-t-il.

— Je fais de mon mieux ! rétorqua-t-elle. Et puis, tu n'es pas un très bon professeur.

— Il faut être plus fluide dans les déplacements. Vous n'êtes pas dans une salle de bal à faire claquer vos souliers sur le parquet.

À la lumière de la lampe, il la vit s'empourprer et lui décocher un regard furieux. Il se radoucit et lui montra le mouvement. Elle l'étudia, bras croisés et mine fermée.

— C'est ridicule, déclara-t-elle.

— Peut-être, répondit Aiden, mais au moins ça vous permet d'avancer sans bruit et sans trop de vagues dans l'eau.

Elle essaya de mauvaise grâce. Il soupira devant tant de fierté et de mauvais caractère. Il n'était pas sorti de l'auberge. Mais à force d'insister, elle parut entendre raison et adopta un pas à peu près satisfaisant.

— Continuons, décréta Aiden.

Ils repartirent dans les tunnels. Le jeune chasseur avait bien étudié le plan des lieux. Il pensait qu'un petit essaim de critters nichait dans une jonction. Un peu avant d'arriver, il se retourna vers Grace.

— Silence complet, maintenant, lui souffla-t-il.

La jeune fille prit instantanément la mouche.

— Ça va, je sais ! siffla-t-elle.

Aiden essaya de calmer le jeu, mais elle ne l'entendait pas de cette oreille.

— Et puis, si tu trouves que je fais trop de bruit, tu devrais te plaindre à mon professeur. C'est lui qui ne m'explique pas bien les choses.

Le chasseur soupira et décida que ça ne valait pas la

peine d'essayer d'avoir raison face à elle. D'un geste, il invita Grace à le suivre. Ils avancèrent lentement en direction du connecteur. Des voix aiguës leur parvinrent. Aiden réprima un sourire. Il avait raison, ils étaient là. Au bout du passage luisait la lueur bleutée des critters. Aiden estima leur nombre à une vingtaine. Parfait. Il pourrait peut-être en capturer un ou deux et Grace serait contente. Il éteignit sa lampe.

Mais alors qu'il se coulait contre la paroi, Grace sur ses talons, pour tenter d'avoir un aperçu de la situation, un tintement retentit. Aussitôt, un cri d'alerte résonna. Aiden se précipita vers la jonction, juste à temps pour apercevoir les critters s'éparpiller dans les couloirs voisins. Énervé par son échec, il ralluma sa lampe et se retourna pour gronder Grace.

— J'avais dit pas un bruit ! s'écria-t-il.

— Ce n'est pas moi ! répliqua la jeune fille. Je suis restée sans bouger ! En plus, je n'ai même pas pu voir de critters…

— Désolé, Votre Altesse, mais si vous voulez les approcher, il faudra arrêter de marcher avec la discrétion d'un éléphant.

Échauffé, Aiden remarqua distraitement que, pour une fois, les mots lui venaient facilement. Grace le toisa d'un regard dur et s'avança d'un pas, l'air menaçant. Le tintement retentit de nouveau. Elle se baissa et extirpa de l'eau une cordelette munie d'une clochette. Elle haussa un sourcil.

— C'est normal, ça ? demanda-t-elle à Aiden.

Le garçon s'approcha et examina l'objet. Des mains humaines ne pouvaient avoir réalisé des nœuds aussi petits.

— Non, convint-il. J'ai déjà vu les critters bricoler des embarcations ou quelques outils, mais rien de si complexe. Ils ont du mal à se concentrer plus d'une heure. Et là… J'ai bien l'impression qu'il y a des jours de boulot.

Les deux jeunes gens échangèrent un regard. Leur colère et leur frustration étaient retombées pour laisser la place à une grande curiosité. D'un commun accord, ils allèrent fouiller les autres couloirs. Partout, ils trouvèrent le même genre de minuscules objets, réalisés avec de la ferraille, du verre, de la ficelle.

— Aiden, on dirait qu'ils ont piégé la zone pour les avertir si quelqu'un approchait.

Le chasseur était trop perturbé par tout ceci pour répondre. Il observa autour de lui. Pas la peine d'espérer trouver quoi que ce soit dans le coin. Il préféra remonter et montrer à Grace comment se laver et entretenir le matériel. Il la sentait déçue, elle ne parla presque pas et se borna à écouter ses explications, le regard un peu vague. Pour éviter qu'elle ne soit trop désappointée, il lui apprit comment repérer les critters sur les toits. Le spectacle d'une course-poursuite entre un pixie et une fée récompensa leurs efforts. La jeune fille rit de bon cœur à leurs mimiques. Aiden l'examina en songeant qu'elle était pénible, mais qu'elle avait quand même de bons côtés. Après tout, elle l'avait suivi sans rechigner dans les souterrains et semblait avoir les nerfs solides. Et puis, elle payait bien.

Aiden ramena Grace chez elle au milieu de la matinée. Elle lui remit le prix convenu avant de filer par l'entrée des domestiques. Il s'alarma qu'on la repère, elle le rassura d'un sourire mutin.

— Ne t'inquiète donc pas pour moi et prépare plutôt tes leçons pour moi. Je te dis à jeudi ! le salua-t-elle.

Aiden resta là, la tête pleine de questions.

Chapitre 6

Le savoir

Aiden s'arrêta au croisement de deux tunnels et observa autour de lui, indécis sur la marche à suivre.

— Je t'avais dit qu'il fallait tourner à droite au dernier passage, lui souffla Grace d'un ton de reproche.

Le garçon se retourna et lui adressa un regard noir.

— Silence ! siffla-t-il.

Elle haussa les épaules d'un air arrogant. Ce qu'elle pouvait lui porter sur les nerfs quand elle se comportait ainsi ! Il l'ignora et se concentra sur le croisement devant lui. Il se remémora le plan des lieux.

— On devrait revenir sur nos pas et prendre de l'autre côté, déclara Grace.

À nouveau, il la fixa avec un agacement dont elle ne tint bien évidemment pas compte. Au lieu de cela, elle tira un papier de sa poche et le déplia.

— Regarde. Ça, c'est l'entrée par laquelle on est passés. Et là, c'est le croisement. Pour moi, le connecteur est à droite, et non à gauche.

Aiden étudia le plan, réfléchit un moment et dut reconnaître que la jeune fille avait raison. Il rebroussa chemin, essayant d'ignorer le sourire moqueur de Grace. Ils remontèrent jusqu'au carrefour et prirent à droite. Ils empruntèrent plusieurs tunnels, avant qu'une lueur bleutée et des éclats de voix ne leur apprennent qu'ils arrivaient près des critters.

— Je te l'avais bien dit, jubila Grace.

— Chut, lui souffla-t-il.

— Franchement, je ne sais pas comme tu faisais avant de me rencontrer. Tu t'es perdu combien de fois dans ces souterrains ? insista miss Fairchild, qui n'avait pas le triomphe modeste.

— Silence ! cracha Aiden.

Grace prit un air offensé et croisa les bras sous sa poitrine. Voilà qu'elle allait se mettre à bouder… Il réprima un soupir agacé et avança.

Comme d'ordinaire, l'essaim avait élu domicile dans un connecteur. Aiden s'approcha avec précaution, Grace sur ses talons. La jeune fille lui attrapa le bras et désigna une corde tendue en travers du passage à laquelle était relié un mobile composé de pièces métalliques. Aiden lui signala d'un geste excédé que oui, il avait repéré le dispositif. Grace se renfrogna encore plus.

Aiden n'en tint pas compte et enjamba cette alarme. L'essaim n'avait rien remarqué et pépiait joyeusement. Ils étaient une trentaine, un groupe d'une taille respectable, qui campait dans une jonction. Cette fois, ils n'échapperaient pas à Aiden.

Le garçon s'avança lentement, quand un gnome releva la tête et le vit. Il lâcha un piaillement d'alerte. Trop tard. Aiden l'embrocha, avant de pivoter d'un mouvement fluide et, d'un revers du manche de son harpon, d'assommer deux fées qui venaient à sa rencontre, prêtes à lui jeter aiguilles de glace et boules de feu. Il balança ses couteaux, épinglant trois nouveaux critters. Grace poussa un cri. Il se retourna. Elle bataillait contre deux lutins qui lançaient sur elle des étincelles. N'osant se défendre et faire usage du poignard qu'il lui avait confié, la jeune fille était forcée de reculer. D'un bond souple, Aiden fondit sur les créatures et leur régla leur compte. Le silence retomba dans le connecteur. Grace le regarda, elle tremblait et porta la main devant ses lèvres, comme si elle allait vomir.

— Ceci est la manière de chasser, lui annonça-t-il.

Elle acquiesça, un peu chamboulée, et tressaillit quand Aiden lui demanda de l'aide pour ramasser les corps.

— Je t'avais dit que ça n'avait rien d'héroïque et

que c'était sale, lui lança-t-il alors qu'elle répugnait à toucher les cadavres et était à deux doigts de rendre son déjeuner.

— Comment fais-tu ? murmura-t-elle.

Il haussa les épaules.

— Ce n'est pas comme si j'avais le choix. Je veux survivre. Et puis, je te rappelle que les critters sont des nuisibles qui infestent Londres, volent les provisions et transmettent les maladies. Ils n'ont pas de prédateur naturel, c'est donc notre devoir de les éradiquer.

La jeune fille hocha la tête, mais Aiden ne savait pas s'il l'avait convaincue. Ce baratin soigneusement huilé, reprenant les affiches qui trônaient à la guilde, lui paraissait de plus en plus creux. Repoussant ces pensées, il se concentra sur sa tâche.

La chasse n'était pas trop mauvaise pour ce début d'hiver et Grace apprenait vite. C'était elle qui avait pisté ce groupe, d'ailleurs. Enfin, Aiden évitait de trop la féliciter, elle était déjà assez imbue d'elle-même comme ça.

Aiden mit les dépouilles dans son sac et donna le signal du départ. Lorsqu'ils regagnèrent la surface, ils découvrirent qu'une pluie drue tombait, ce qui ne les dispensa pas de nettoyer leur équipement à la pompe la plus proche. Ils ne pouvaient pas se permettre la moindre odeur suspecte sur Grace, et Doreen aurait arraché la tête à Aiden s'il avait osé se présenter à la pension avec des affaires sales.

Un mois déjà que l'arrangement durait et Grace ne s'était pas fait prendre.

— Que fait-on, maintenant ? s'enquit la demoiselle.

— Quand dois-tu rentrer ? lui demanda-t-il.

Sur son insistance, il s'était mis à la tutoyer, même si cela ne s'était pas fait sans mal.

— Hum, mon père est absent pour deux jours et Nanny est dehors avec les petits. Je leur ai donné des bonbons, donc ils devraient l'occuper pendant quelque temps.

Aiden esquissa un sourire à ces mots.

— Et les domestiques ?

— Je t'ai déjà dit que ce n'était pas un problème. Je paye les uns et menace les autres et le reste ne peut pas me voir si je ne l'ai pas décidé. Nous sommes tranquilles un moment.

Du Grace tout craché…

— Dans ce cas, je t'emmène au comptoir.

Les yeux de Grace brillèrent d'excitation et la poitrine du jeune homme se gonfla de fierté. Aiden la guida à travers les rues jusqu'au comptoir de Mr Smith. La porte d'entrée carillonna, réveillant le tenancier.

— Aiden Jones, quel bon vent…

Il s'interrompit en apercevant Grace, qui lui adressa un sourire lumineux.

— Bonjour, Mr Smith. Je viens pour encaisser la prime, commença Aiden.

Il vida le contenu du sac sur le comptoir. Le gérant examina les critters en marmonnant entre ses dents. Puis il alla attraper son fameux registre. Grace se décrocha le cou pour mieux y voir.

— Alors… un gnome, quatre fées, deux lutins et un pixie… Ce qui nous fait selon les cours en vigueur, quatre et six plus huit, je retiens deux… Quatre shillings… Est-ce que ça te convient ?

Aiden allait ouvrir la bouche, Grace le devança.

— Vous avez oublié la prime, déclara-t-elle.

Mr Smith la fixa d'un air éberlué.

— Pardon ? demanda-t-il.

— Vous avez oublié la prime pour apport de plus de cinq critters femelles. Or je compte quatre fées et une lutine. Sans parler de vos retenues. Vous avez oublié quatre pennies…

Le tenancier examina la jeune fille.

— Qui êtes-vous ? l'interrogea-t-il sèchement.

— Son associée, rétorqua Grace.

D'un regard acéré, elle dissuada Aiden d'oser prétendre le contraire.

— Maintenant, payez-le ce que vous lui devez, ordonna-t-elle.

Smith grommela pour le principe, mais s'exécuta. Aiden sortit sans y croire, tandis que Grace affichait un large sourire.

— Comment as-tu fait ? Je n'ai jamais rien compris à ces tableaux.

Elle haussa les épaules.

— J'aime bien les mathématiques. Ça fait enrager père quand il me voit avec un traité d'algèbre, alors qu'il préférerait que je révise le manuel de la parfaite femme d'intérieur.

Le sourire de Grace s'était crispé.

— Merci, en tout cas, souffla Aiden.

Grace le dévisagea et il crut qu'elle allait encore lui répéter à quel point elle lui était supérieure dans tous les domaines. Mais elle afficha un sourire presque doux.

— Ce n'est rien. Il suffit de savoir compter rapidement.

Le garçon baissa la tête, conscient de ses propres faiblesses.

— Je t'apprendrai, si tu veux, déclara la demoiselle.

Ils restèrent tous les deux silencieux, remontant les rues en direction de Primrose Hill. L'après-midi touchait à sa fin, il était temps pour Grace de rentrer chez elle, d'autant plus que la pluie n'avait pas cessé.

— Aiden ? Je peux te poser une question ?

Des questions, elle en avait beaucoup.

— Vas-y.

— Est-ce que tu crois que les critters sont intelligents ?

La demande prit Aiden de court.

— Je… Je ne sais pas. Ils ne sont pas comme nous… Je veux dire, ils sont parfois malins et d'autres fois très bêtes. Je…

Aiden s'arrêta, incapable de formuler sa pensée. Quelques semaines auparavant, il aurait affirmé que les critters étaient des nuisibles qu'il fallait exterminer. Les images du carnage perpétré par Crazy Alfie lui revenaient. Et puis, il y avait ces pièges que les créatures avaient construits…

— À vrai dire, je suis plus certain de rien, déclara-t-il.

Grace demeura silencieuse un moment, avant de lâcher :

— Je pense qu'ils recommencent à voler. Les critters. Mais ils sont plus prudents. Ils ont compris. Plus de gros casses, mais des objets qui disparaissent. Ils déplacent des choses pour brouiller les pistes, j'ai l'impression…

— Tu en es sûre ?

— Pas totalement. Je n'ai pas encore réussi à les prendre sur le fait. Il faudra que je me montre plus maligne et que je reste en planque une ou deux nuits.

Aiden esquissa un sourire. Grace commençait à penser en chasseuse... Il allait répondre, quand une silhouette apparut devant eux, au détour d'une rue.

— Tiens, tiens, mais c'est Sneaky Aiden !

Alfie la brute avança en direction du garçon. Derrière lui, ses deux âmes damnées s'encadrèrent.

— Et qu'avons-nous là ? ronronna Alfie en avisant Grace.

La jeune fille se figea. Alfie fit mine d'aller vers elle, Aiden s'interposa. D'un coup de poing, l'autre le fit rouler au sol. Groggy, le garçon vit Alfie caresser la joue de Grace. Un éclair métallique jaillit et la lame du couteau de la demoiselle se trouva pressée contre la gorge d'Alfie. Toute peur avait déserté le visage de miss Fairchild, remplacée par une rage froide.

— Retire tes sales pattes de moi, ou je te saigne comme le porc que tu es.

Grace n'avait pas élevé la voix et avait même conservé un ton cordial, qui ne rendait sa menace que plus réelle. Alfie hésita. Grace appuya un peu plus la lame. La brute fit mine de battre en retraite, mais c'était pour mieux attaquer. Il se rua sur Grace. Aiden l'avait vu venir. D'un bond, il se jeta sur Alfie, lui faucha les jambes d'un coup de pied. Grace se tenait également prête. Elle recula et sa lame fendit l'air. Alfie beugla, étreignant un bras blessé. Les deux autres se précipitèrent au secours de leur chef. Aiden fit un croche-pied à Jake qui tomba sur son ami. Aiden se releva et attrapa Grace par le poignet.

— Viens ! cria-t-il.

Ils filèrent dans les rues, Alfie et ses deux sbires sur leurs talons. Mauvais tout ça, mauvais ! Il fallait les semer le plus vite possible.

— Ici ! décréta Aiden.

Ils tournèrent à l'angle d'une rue. Elle menait vers une avenue plus fréquentée où Aiden espérait perdre ses poursuivants. Malheureusement, des caisses bloquaient le passage et Alfie et les autres les talonnaient. Aiden accéléra, traînant presque Grace à sa suite. Au moment d'atteindre la barrière, il agrippa la jeune fille, la serra contre lui et bondit. Sa détente se révéla moins puissante que d'ordinaire en raison de sa charge. Il parvint quand même à atterrir au sommet. Grace glissa avec un cri. Il la rattrapa. Ensemble, ils dévalèrent le monticule de caisses et se remirent à courir. Derrière eux, Alfie et les autres beuglaient toujours. Aiden osa se retourner. Ils escaladaient à leur tour les caisses.

Les deux jeunes gens pressèrent l'allure et atteignirent l'avenue. Quelques fiacres y circulaient, des passants tournèrent la tête vers eux. Aiden réfléchit à toute vitesse, cherchant par où filer. Grace le tira à l'écart.

— Ici ! souffla-t-elle.

Elle le fit s'accroupir derrière une charrette en stationnement et prit sa main. Un picotement l'envahit, tandis qu'une lumière bleue drapait les paumes de la jeune fille. Alfie et les autres jaillirent dans la rue et scrutèrent l'endroit où ils se trouvaient. Ils ne les virent pas. Grace fit signe à Aiden de ne pas bouger, alors qu'Alfie avançait, un pli marquant son front massif.

— Mais ils sont où ? s'exclama Jake.

La brute haussa les épaules et tourna les talons, descendant l'avenue à leur recherche. Les deux adolescents attendirent un moment, puis se relevèrent et s'éloignèrent rapidement dans la direction opposée. Ils s'engouffrèrent dans la première rue qu'ils trouvèrent. Là, Grace lâcha enfin la main d'Aiden et s'appuya contre un mur, poussant un profond soupir. La lumière qui émanait de ses paumes s'éteignit. Ses jambes se dérobèrent sous elle. Il la rattrapa. Elle était d'une pâleur mortelle.

— Ça ira, bredouilla-t-elle. C'est passager.

Aiden l'aida à s'asseoir contre le mur. Elle reprit effectivement des couleurs. Le garçon l'étudia avec attention.

— Ton art de passer inaperçue, ce n'est pas juste un talent de Latent, non ? finit-il par demander.

Elle releva le menton vers lui et lui adressa un drôle de sourire, entre défi et tristesse.

— Il se peut que j'aie réussi à prendre des potions et à activer une partie de mes dons, reconnut-elle.

Aiden s'assit à côté d'elle.

— Ton père ne sait rien, je suppose.

Elle secoua la tête.

— Non. Il ne m'aurait jamais laissé faire. Et je préfère ne pas imaginer ce qui arrivera le jour où il comprendra.

Aiden nota la formulation. Grace s'attendait à être découverte à un moment ou à un autre. Il la regarda de nouveau. Quelle drôle de fille…

— Pourquoi ? l'interrogea-t-il.

— J'ai remarqué petit à petit qu'on me demandait de passer inaperçue, de me fondre avec le décor. Je dois être un joli ornement qui s'harmonise bien avec la tapisserie du salon. Une belle plante que mon futur mari aimera promener à son bras. Mais surtout, je dois garder ma place. Alors un jour, je me suis dit

« pourquoi ne pas carrément devenir invisible ? ». Je savais que j'étais Latente et que j'avais ce talent.

Elle marqua une pause et poursuivit :

— J'ai volé des bijoux, je suis allée les vendre et je suis passée chez un apothicaire chinois. Ça m'a pris presque six mois, j'ai été malade tous les jours : nausées, vertiges, migraines, mais j'ai réussi.

Une lueur de triomphe brillait dans ses yeux, et Aiden eut l'espace d'un instant la sensation de voir la vraie Grace Fairchild derrière le masque de peste arrogante qu'elle aimait porter. La jeune fille posa la main sur le bras d'Aiden.

— Ce Crazy Alfie. Je connais ce genre de personnes. Ils attaquent ceux qu'ils jugent faibles. Il suffit de leur tenir tête.

— C'était… impressionnant, reconnut le garçon avec une pointe d'admiration dans la voix.

— Ne sous-estime jamais une fille. Elles peuvent se montrer bien plus dangereuses que ce qu'on veut bien croire.

Elle lui adressa un regard ironique.

— En tout cas, ça prouve une nouvelle fois que tu ne peux pas te débrouiller sans moi. Comment as-tu fait tout ce temps pour survivre ?

Aiden leva les yeux au ciel, tandis que Grace poursuivait ses piques. Elle ne cessa de le taquiner tout au long du chemin qui la ramenait chez elle. La pluie s'était muée en un infâme crachin glacial qui annonçait de prochaines chutes de neige. Les deux jeunes gens s'immobilisèrent près de l'entrée des domestiques.

— À bientôt, souffla Aiden alors qu'elle vérifiait que la voie était bien libre.

— J'espère bien. Et pense à ce que je t'ai dit au sujet des critters...

L'hiver était là : Londres était ensevelie sous un lourd manteau de neige et de la glace commençait à conquérir la Tamise. Pas la peine de se mettre en chasse, Grace ne s'était d'ailleurs pas montrée à leur dernier rendez-vous. Inquiet malgré lui, Aiden avait fait le déplacement jusqu'à Primrose Hill.

Le quartier avait des airs de conte de fées. Ici, la neige restait immaculée même dans les rues, et ne se transformait pas en cette infâme gadoue qui salissait les vêtements. Des lanternes magiques brillaient partout dans les maisons. Au milieu de toute cette blancheur et de ces illuminations, Aiden faisait tache et il remarqua que les passants le dévisageaient bien plus qu'à l'accoutumée. Il préféra battre en retraite pour ne pas se faire arrêter et mettre Grace en danger.

Toujours était-il que la chasse comme les leçons se trouvaient au point mort. Avec ce froid, les critters hibernaient au fond de leurs tanières et tout ce qu'Aiden gagnerait à se risquer dans les égouts, c'était la crève et des engelures. Pas question non plus de s'aventurer au *pub*, Aiden n'avait pas envie de croiser Alfie et sa bande, qui ne lui avaient sûrement pas pardonné l'épisode de la dernière fois.

Aiden s'ennuya dans sa chambre durant une journée, il rangea ses affaires, reprisa ses vêtements, entretint son matériel. Le deuxième jour, l'inaction lui pesa et il descendit voir si Doreen avait besoin de quelque chose. Après tout, autant passer utilement le temps et rester dans les bonnes grâces de sa logeuse… Il la trouva dans la cuisine, occupée à préparer un ragoût pour le soir. Elle tourna la tête vers lui.

— Qu'est-ce que tu veux, gamin ? lui lança-t-elle.

— Je venais voir si je pouvais vous aider.

Elle le scruta, puis pointa d'un geste du menton une bassine un peu plus loin.

— Tiens, épluche-moi ces patates.

Aiden saisit un couteau et se mit à la tâche. Ils restèrent un moment à travailler en silence, avant que Doreen ne lâche :

— Au fait, tu comptais me parler de la gamine, ou pas ?

Quelque part, le jeune chasseur n'était même pas surpris qu'elle sache pour Grace. Doreen avait visiblement son réseau d'informateurs.

— C'est juste un moyen de gagner de l'argent, répondit Aiden.

La logeuse éclata d'un rire sec.

— Et moi, je suis la fille cachée de Victoria.

Il lui lança un regard blessé, qui bien évidemment ne fit ni chaud ni froid à Doreen.

— Alors, tu m'expliques ? revint-elle à la charge.

Le garçon soupira et lui raconta les circonstances de leurs rencontres et comment il en était venu à lui donner des leçons. Doreen écouta en silence, avant de hocher la tête.

— M'a l'air d'une gamine futée. Tu comptes la former pour chasser avec toi ?

— Doreen ! C'est une future lady ! Elle s'aventure hors de chez elle juste parce qu'elle s'ennuie ! Au printemps, elle sera passée à autre chose.

Il marqua une pause et ajouta :

— En plus, elle va avoir quatorze ans. Son père doit commencer à lui chercher un mari, je pense. Elle aura bientôt d'autres sujets de distraction.

— Sans doute, convint Doreen.

Elle lança un long regard à Aiden, qui eut la sensation qu'elle avait compris quelque chose qui lui échappait. Aiden préféra reporter son attention sur l'épluchage des pommes de terre. Mais sa logeuse n'en avait visiblement pas fini avec lui.

— Et y'a que ça qui te tracasse ? revint-elle à la charge.

L'avantage avec Doreen, c'est qu'elle n'y allait pas par quatre chemins, songea Aiden. Il termina sa patate, le temps d'organiser ses pensées et de réfléchir honnêtement à la question. Les mots n'étaient pas son fort, exprimer ses sentiments non plus. Il déclara prudemment :

— Je suis un peu paumé.

— Notre lot à tous. Va falloir être plus spécifique.

— Je croyais être un bon chasseur et tout savoir sur les critters.

Doreen aboya un rire sarcastique, Aiden lui adressa un regard venimeux, mais poursuivit :

— Mais des fois, Grace en sait plus que moi, alors que mon oncle est censé m'avoir tout appris, et que ça devrait être moi, l'expert.

Il soupira.

— Tout ce que je tenais pour acquis, ben c'est du vent. Les critters… Ils posent des pièges, des alarmes. Ils sont bien plus malins que ce que je pensais. Plus ça va et moins j'ai l'impression de les comprendre.

— James t'a formé du mieux qu'il a pu, mais

il a jamais prétendu tout savoir, lui fit remarquer Doreen.

— Oui. Mais pour moi, il connaissait beaucoup de choses. Et là, je réalise que c'est peut-être pas vrai. Ça me fait peur.

Il s'arrêta, se demandant s'il devait aussi lui parler de cette étrange lumière qu'il avait vue dans les tunnels. Elle ne lui en laissa pas le temps, elle posa ses ustensiles et s'essuya les mains sur son tablier.

— Viens par ici, intima-t-elle à Aiden avant de disparaître dans l'arrière-cuisine.

Il s'agissait d'un couloir où Doreen entreposait les provisions, et qui menait à ses quartiers, un lieu normalement interdit aux locataires. Comme Aiden hésitait, elle se retourna.

— T'es sourd ou quoi ? Viens !

Il la suivit et découvrit une pièce chauffée par un poêle. Un mobilier usé – une table, des chaises et des étagères – occupait le tout. Les yeux du garçon se promenèrent sur la tapisserie usée et s'arrêtèrent sur l'une des étagères où étaient rangés des volumes. Doreen tira un siège et l'invita à s'asseoir. Aiden obéit.

— Mais, et le ragoût ? se tracassa-t-il.

— T'inquiète pas. Les autres sont pas à cinq minutes.

D'un de ses habituels gestes nerveux, Doreen attrapa un livre et le posa devant Aiden.

— Tiens, lis-moi ça.

— Précis... d'étude... des critters. Mœurs et... habitat... Par Sir Percival.

Aiden regarda la couverture jaunie et la tranche abimée. L'ouvrage était ancien, il n'empêchait qu'il avait été écrit par l'un des magiciens de Sa Majesté. Et pas n'importe lequel, le conseiller de Victoria en personne ! Aiden n'osait toucher le livre.

— Ouvre-le, lui commanda Doreen.

Il obéit et tomba sur l'une des pages concernant les pixies. Avec difficulté, il lut le texte sous l'illustration :

— Les pixies... ont de petites dents acérées... dont ils se servent pour... mordre leurs ennemis... s'abreuvant de leur sang...

Aiden redressa la tête et fixa la logeuse.

— Mais c'est pas vrai ! Ils ne boivent pas le sang ! C'est les *red caps* qui font ça et y'en a pas à Londres ! Et puis, chez les pixies, y'a que les jeunes chasseurs qui ont les canines pointues !

Doreen afficha un sourire ironique.

— Continue à lire, incita-t-elle Aiden.

Le garçon s'exécuta. Page après page, erreurs grossières et inexactitudes s'empilèrent. Il finit par refermer le livre, choqué.

— Ça te perturbe de découvrir que ces messieurs du Collegium puissent raconter tant d'âneries, hein !

Aiden opina. Doreen récupéra le livre et le rangea.

— Dis-toi, gamin, que toi et la p'tite demoiselle, vous en savez sûrement plus sur les critters que tous ces beaux parleurs réunis.

Le garçon se figea. Il était rare que la logeuse se fende d'un tel compliment. Elle riva sur lui son regard sévère.

— Mais t'as quand même beaucoup à apprendre. Tu commences seulement à réaliser combien ces créatures sont complexes. T'arrête pas en si bon chemin.

Il ne put qu'acquiescer.

— Allez viens, on termine de préparer le repas. Sinon Ed et Teddy vont râler.

Le garçon revint dans la cuisine avec elle et reprit sa place de marmiton. Tandis qu'il s'activait et que Doreen le houspillait, son esprit vagabondait. Lentement, une idée y germa. Il faudrait qu'il en parle à Grace.

Noël était passé, un Noël qu'Aiden avait, comme d'ordinaire, fêté seul à la pension. De toute manière, ce n'était pas comme s'il avait une famille avec qui se réjouir. Il était resté avec Doreen, qui avait été assez aimable pour lui prêter ses livres afin de passer le temps.

Janvier était là, et la neige avait fondu suffisamment pour qu'Aiden s'aventure de nouveau dehors. Il en avait assez d'être enfermé et une partie de lui voulait revoir Grace.

Le chasseur partit à l'aube et fila dans les rues, remontant vers Primrose Hill. Zigzaguant entre les tas de neige qui n'avaient pas fondu, il progressa rapidement, jusqu'à atteindre la maison des Fairchild. Il alla se poster à l'entrée des domestiques. Une livraison était en cours. Aiden attendit. La charrette repartit, une bonne sortit avec un panier pour se rendre au marché. Le garçon patienta. On était jeudi, le jour de la leçon de piano. Peut-être Grace avait-elle décidé qu'elle préférait la musique. Peut-être son père s'était-il rendu compte de ses escapades. Aiden se rongea les sangs un moment, observant le ballet des serviteurs, quand une silhouette connue apparut enfin. Grace vérifia que personne n'était en vue et elle courut vers lui. Son cœur bondit et, sans qu'il puisse se l'expliquer, ses jambes lui parurent se changer en guimauve.

— J'ai eu peur que tu ne reviennes pas ! s'exclama-t-elle.

Il eut du mal à lui avouer que lui aussi avait craint la même chose. Elle lui sourit, mais son visage s'assombrit aussitôt.

— Aiden, mon père est là aujourd'hui. Je crois qu'il se doute de quelque chose.

Le cœur d'Aiden sombra dans ses chaussures.

— Ce… Ce n'est rien, balbutia-t-il.

Le regard de la jeune fille devint féroce.

— Mais je ne veux pas renoncer pour autant !

— Grace, je, je…

Aiden soupira, agacé par sa propre maladresse.

— Je ne suis pas sûr que continuer à chasser dans les tunnels soit une bonne idée…

Grace se décomposa, avant que ses yeux ne prennent une dureté d'agate. Aiden réalisa qu'il avait mal choisi ses mots et qu'il devrait très vite rattraper ça, s'il désirait éviter l'explosion.

— Ce n'est pas que je veux plus te voir ! ajouta-t-il précipitamment.

Elle se détendit à peine.

— Je… je…, bafouilla Aiden.

Il marqua une pause et assembla ses idées.

— Les pièges dans les tunnels. Les critters qui n'agissent plus comme d'habitude… J'ai l'impression qu'on est à la lisière de quelque chose de gros. Et je ne comprends pas tout.

— Moi non plus, murmura Grace.

— J'ai besoin d'étudier…

À nouveau, il s'arrêta. Ce qu'il s'apprêtait à dire n'était pas évident.

— Tu serais une bonne camarade pour ça. T'as remarqué des détails qui m'étaient passés sous le nez. Tu es très douée pour rester inaperçue et observer les critters.

Il regarda la jeune fille.

— Est-ce que tu veux bien apprendre avec moi ?

Le sourire de Grace parut illuminer le jardin.

— Ce sera un plaisir.

Chapitre 7

Du verre brisé

Le printemps s'annonçait, mais l'hiver s'accrochait encore. Dans les jardins, le givre et la neige disputaient la place aux fleurs naissantes, c'était vraiment une drôle de période. Les oiseaux en tout cas étaient sortis de leurs cachettes et peuplaient de nouveau les rues. Aiden ne se souvenait pas de les avoir vus si bruyants et nombreux. Sans parler des critters qui s'en donnaient à cœur joie.

Des piaillements attirèrent l'attention du garçon tandis qu'il traversait les avenues. Il releva le nez et regarda deux fées se bagarrer dans une gouttière. Alors qu'il tournait à l'angle d'une rue, un lutin et un gnome faillirent se jeter dans ses jambes. Ils fuirent rapidement en poussant des hululements d'alerte et se précipitèrent dans la première ruelle qu'ils trouvèrent. Décidément, tout ce petit monde était bien énervé.

Aiden traversa une rue assez animée, où se massait un attroupement. Pour cause, un annonceur public se tenait là. Le garçon s'arrêta un instant pour voir les images flotter dans le ciel, admirant la bataille navale qui se déroulait sous ses yeux, tandis que le crieur racontait la nouvelle victoire des magiciens de Sa Majesté sur les forces chinoises. Malgré lui, Aiden sentit qu'il se laissait de nouveau captiver par le récit et ne pouvait détacher son regard des éclairs irisés que s'envoyaient les magiciens. Il se tira de l'enchantement. Grace n'allait pas le louper s'il la faisait trop attendre.

Aiden reprit sa route, ignorant les vendeurs qui tentaient d'appâter les passants. Une sombre silhouette à l'angle d'une avenue le fit sursauter. Mais si l'homme était grand avec une tignasse blonde, il ne s'agissait pas de Crazy Alfie. Aux dernières nouvelles, celui-ci passait maintenant plus de temps au *pub* qu'en chasse et Aiden espérait que la rumeur disait vrai : il n'avait aucune envie de recroiser ce sinistre personnage.

Le garçon remonta en direction du nord, jusqu'à atteindre les grilles de Regent's park. Deux gardes se trouvaient là en faction, chargés de déterminer qui avait le droit de rentrer dans le très chic jardin. Aiden resta prudemment en retrait jusqu'à ce qu'un groupe composé de deux nannies et d'une demi-douzaine de bambins arrive. Les femmes interrompirent leur conversation pour saluer les sentinelles, tandis qu'Aiden se mêlait à la troupe. Il passa ainsi les grilles, sentant sa nuque le picoter à cause des sceaux magiques. Puis il obliqua à gauche dans le premier chemin venu et s'enfonça dans le parc.

Comme Primrose Hill, Regent's Park était une enclave protégée par la magie. Ici, l'air était doux et, en ce début de printemps, il embaumait les fleurs. Poussaient là des saules, des hêtres, mais aussi des arbres aux feuillages argentés, bleus ou violets, qu'on ne trouvait nulle part ailleurs sur Terre. Après la Jonction et la défaite des féériques, les magiciens impériaux avaient récupéré les graines des plantes amenées par les elfes et les fées et avaient décidé d'en fleurir le jardin.

Aiden traversa les allées, admirant le chatoiement des feuilles, avant d'atteindre sa cible. Grace l'attendait sur un banc près d'un massif. Elle paraissait très digne et sage dans sa jolie robe de coton coloré. Elle lisait, pendant que sa nanny bataillait plus loin avec deux jeunes enfants, qui avaient décrété qu'ils voulaient se baigner dans une des pièces d'eau, celle avec la statue de Lord Blackcliff terrassant le dernier dragon. Aiden ne leur donnait pas tort, la statue était si réaliste que les écailles du dragon au pied du magicien semblaient scintiller. On avait envie d'y toucher pour voir si le reptile n'allait pas ouvrir les paupières.

Détournant le regard de la statue, il s'approcha et se glissa dans le massif près du banc où se trouvait Grace.

— Bonjour, salua-t-il Grace.

— Tu es en retard, Aiden, répondit-elle sans lever les yeux de son livre. Des problèmes à l'entrée ? Les sentinelles t'ont repéré et t'ont demandé ce qu'un va-nu-pieds comme toi fichait dans un si joli parc ?

Le garçon réprima un grognement agacé. Grace lui avait appris quelques ficelles pour passer inaperçu. Il n'était pas aussi doué qu'elle, mais il avait progressé. Bien évidemment, la jeune fille en profitait pour le harceler à ce sujet.

— Sachez, Miss Fairchild, que je suis un élève assidu et que, moi, j'écoute quand mon professeur me donne des conseils et j'accepte de les appliquer.

Elle leva les yeux au ciel d'un air excédé.

— Alors, explique-moi pourquoi j'ai pu finir mon livre le temps que tu arrives ?

— Désolé. J'ai dû marcher, moi. Tout le monde n'a pas la chance d'avoir un fiacre à sa disposition.

— Ce qu'il ne faut pas entendre… Enfin, en t'attendant, j'ai dû offrir suffisamment de bonbons à Albert et Elizabeth pour qu'ils tiennent jusqu'à ce soir, à ce rythme. Et puis Lizzie commence à se douter de quelque chose. Je vais devoir lui refiler une de mes robes, je pense…

Le frère et la sœur de Grace, qui devaient compter autour de cinq et dix ans, avaient accepté de ne pas se baigner dans la fontaine de Lord Blackcliff, mais voulaient maintenant faire naviguer des bateaux qui émettaient une lueur bleutée, signe de magie. De l'autre côté de la fontaine, d'autres bambins avaient la même idée, et Aiden pressentit qu'une bataille navale se profiler. Les nannies des camps respectifs parvinrent à les dissuader de cette idée et les emmenèrent plus loin voir le marchand de glaces.

— J'ai aussi eu le temps de repérer deux essaims, l'informa Grace. Regarde.

Elle fit passer à Aiden un carnet noirci d'une écriture élégante et gracieuse. Grace n'avait pas chômé. Elle avait effectivement découvert deux essaims, avait noté le nombre d'individus, leurs caractéristiques, elle avait détaillé leurs habitudes et commencé à faire des croquis des différents membres. Aiden se sentit à la fois admiratif et envieux de sa belle écriture et de son coup de crayon. Pas question cependant de la complimenter, car elle en profiterait pour le rabaisser.

— Mouais. Pas mal. Mais la tête du pixie est assez ratée, je trouve, déclara-t-il.

Elle lui décocha une œillade furibonde.

— Et toi ? Qu'as-tu accompli qui mérite qu'on s'y intéresse ? lança-t-elle, piquée au vif.

— Un tour dans les égouts du côté d'Oxford Street.

— Et alors ?

— Rien, fut-il forcé d'admettre. Enfin, rien de nouveau. Des pièges et des alarmes, mais pas de critters.

Grace afficha un sourire suffisant.

— Ils sont malins. Plus que toi, apparemment.

Elle émit un soupir dramatique.

— Heureusement que je suis là pour collecter des informations. Même si mes talents de dessinatrice laissent à désirer – mes aquarelles font hurler Père – moi au moins, j'ai quelque chose à présenter.

Aiden préféra ne pas répondre, même si la pique lui laissait un goût amer. Pourquoi devait-elle tout traiter comme une compétition ?

— Bon, qu'as-tu trouvé ? demanda-t-il, mettant sa fierté de côté.

Elle désigna un massif plus loin. Au départ, Aiden ne vit rien. Mais il avait appris à faire confiance aux observations de Grace. Il patienta. Quelques minutes plus tard, une fée sortit d'abord une tête timide du massif. Puis ce fut au tour d'un pixie et de deux lutins. Ces derniers transportaient des sortes de seaux, visiblement fabriqués dans l'écorce d'un arbre. Aiden les étudia avec attention. Les lutins, sous la direction des autres, quittèrent leur cachette et filèrent vers la fontaine de Lord Blackcliff qui se trouvait non loin. Ils remplirent leurs contenants et revinrent vers le reste de la troupe. Quelques instants plus tard, ils repartirent.

— Ils collectent de l'eau pour l'essaim, commenta Aiden.

— Je pense que c'est pour les jeunes, ajouta Grace.

— Ou pour les membres les plus âgés.

Les lutins refirent un passage à la fontaine.

— Les fées jouent le rôle de guetteurs, déclara Grace.

Aiden fit la moue.

— D'habitude, c'est plutôt les pixies ou les gnomes, répliqua-t-il.

— Dans les égouts peut-être. Ici, c'est différent.

— Mais bien sûr. C'est comme pour les rats. On trouve des critters des villes et des critters des champs, ironisa Aiden.

— Et pourquoi pas ? rétorqua Grace. Après tout, il y a d'autres espèces que celles de Londres. Et regarde, tu n'imaginais même pas que tant de critters vivaient hors des souterrains.

Aiden leva les yeux au ciel, même s'il devait admettre que Grace avait raison. Depuis trois mois qu'ils étudiaient les critters, le garçon réalisait l'étendue de son ignorance. Et bien sûr, Grace se faisait un plaisir d'appuyer là où cela faisait mal.

— En tout cas, des villes ou des champs, ils sont plus futés que ce qu'on veut bien leur accorder, commenta Grace.

— Je sais bien ! s'irrita Aiden.

La jeune fille lui lança un regard réprobateur.

— Ils volent plutôt de la nourriture. Les friandises des gamins. Et ils arrivent à rester cachés. Peu d'humains les ont repérés.

Une manière peut-être d'insinuer que c'était elle, et non Aiden, qui les avait aperçus en premier. Le garçon avait eu un vague espoir que le caractère de Grace s'adoucisse quand il lui avait proposé d'étudier ensemble. Malheureusement, Grace semblait au contraire vouloir prouver que tout ce qu'il avait accompli jusque-là était un ramassis d'idioties et qu'elle était la meilleure dans tous les domaines. Aiden devait souvent prendre sur lui pour ne pas s'énerver et lui dire ses quatre vérités. Parce que malgré tout, il appréciait l'humour féroce de Grace et admirait profondément son intelligence. Parce qu'il aimait le pétillement dans ses yeux quand elle désirait lui montrer quelque chose.

— Et ce n'est pas tout! s'exclama Grace. Regarde…

Elle se leva et, d'un pas élégant, se dirigea vers le buisson où se cachaient les critters. Aiden perçut un bruissement inquiet venu des feuillages. Grace s'agenouilla, comme si elle ramassait quelque chose. En réalité, elle déposa un biscuit sur le sol. Puis elle se recula et alla se rasseoir sur le bac. Ils attendirent. Les bestioles mirent un moment à ressortir, mais finalement, une fée finit par passer le nez hors de sa cachette. Elle secoua la tête, ébouriffant sa tignasse rousse. Elle renifla le gâteau, ses petites narines se plissant. Grace lui adressa un salut. La créature replongea dans le feuillage, puis revint, accompagnée d'un pixie. À deux, ils attrapèrent la friandise et partirent se cacher. Grace tourna un visage triomphant vers Aiden.

— Tu… Tu les apprivoises ?

— J'essaye, confessa la jeune fille, non sans fierté. J'en ai repéré quelques-uns dans mon jardin. Ils sont blessés, je pense, sans essaim très probablement. Mon pourri gâté de chat ne les chasse pas, il semble même tolérer leur présence. Alors j'ai commencé à les nourrir.

Elle avisa la mine d'Aiden.

— Eh bien quoi ? demanda-t-elle d'un ton sec.

Le garçon ne savait pas quoi faire de cette information. Toute sa vie, il avait traqué ces créatures. L'idée qu'on puisse vouloir en faire un animal domestique…

— Tu nourris des nuisibles, lança-t-il à Grace.

Au moment où il prononçait ces mots, il sut qu'il s'engageait sur une pente glissante. L'expression de Grace se durcit.

— Es-tu vraiment sûr qu'ils soient des nuisibles ?

— Ils volent les humains…, tenta de répliquer Aiden.

Grace lui adressa un long regard et le garçon réalisa qu'il manquait d'arguments dans cette conversation.

— Dans tous les cas, tu devrais être content que je nourrisse les critters. Ça te fait du travail.

La remarque blessa Aiden, car elle lui rappela à quel point sa situation financière était compliquée. Ses maigres réserves avaient fondu avec l'hiver, et cela faisait plusieurs jours qu'il n'avait pas mangé à sa faim. Grace l'observa d'un air acéré.

— Tout va bien, Aiden ?

— Oui, oui.

Elle pencha la tête de côté pour continuer à l'étudier.

— Tu es sûr ? On dirait que des pixies ont fait un

nid dans ta tignasse. Et tu es tellement maigre que tu n'auras bientôt plus besoin de tes dons de Latent pour être invisible.

Aiden voulut rétorquer, mais s'embrouilla et ne parvint qu'à émettre quelques vagues mots, qui lui valurent un sourire ironique de la part de Grace. Elle farfouilla alors dans les replis de sa veste et lui tendit une enveloppe.

— Tiens, au fait.

Aiden ouvrit le pli. Il ne contenait que deux shillings.

— Il en manque, lança-t-il.

Les morts partirent tout seuls, sans que son cerveau les contrôle vraiment. Il releva la tête. Grace le fixait, lèvres pincées.

— J'ai dû décompter ton retard, cracha-t-elle. On ne fait pas attendre une dame ainsi.

Une vague de colère emplit Aiden. Il serra les poings. Mais qu'est-ce qu'elle pouvait être pénible…

— Je prends note pour la prochaine fois. J'arriverai à l'heure, vu que c'est ce qu'il sied à Son Altesse ! répliqua-t-il.

Il se fendit d'une révérence ironique.

— Bonne chance avec vos autres leçons, miss Fairchild.

Il tourna les talons et s'en alla. Sa colère bouillonnante laissa rapidement place à de la honte. Il s'en voulait de dépendre de Grace ainsi et de ne pas être capable de subvenir à ses propres besoins. Il détestait cette pauvreté qui s'accrochait à lui et ne lui laissait aucun répit.

Et il détestait le fait de devoir retourner chasser les critters pour survivre.

Aiden sauta en bas de l'échelle et atterrit dans une flaque sombre. Il bénit ses bottes qui l'empêchaient de patauger dans cette immonde bouillasse. Le garçon alluma sa lampe et referma la trappe derrière lui. Il prit quelques instants pour que sa vision s'habitue à la pénombre, mais également parce qu'une partie de lui répugnait à accomplir sa tâche. Aiden soupira. Il fallait qu'il chasse.

Il s'engagea dans les tunnels, à la recherche de l'essaim qu'il avait repéré quelques jours auparavant. Ces critters s'étaient mis à voler dans les maisons alentours. Grace croyait que c'était une habitude propre aux habitants des égouts ; Aiden pensait plutôt que cette colonie devait être trop nombreuse pour vivre uniquement de ce qu'ils trouvaient dans les égouts et que c'était pour cela qu'ils volaient. Encore un sujet de discorde, qui leur avait valu leur première vraie prise de bec. Excédé par l'attitude hautaine de Grace, Aiden l'avait appelée « Miss Je sais tout » et l'avait traitée de harpie. Grace avait rétorqué qu'il n'était qu'un idiot et un rustre et qu'il n'y comprenait rien. Ne rien comprendre aux filles, Aiden plaidait coupable… Lui et Grace s'étaient quittés un peu en froid et le garçon bouillonnait depuis. Enfin, tout cela n'allait pas résoudre son manque d'argent et, rustre sans éducation ou pas, il devait chasser.

Il remonta dans les passages puants jusqu'à apercevoir une lueur tremblotante au bout d'un tunnel. Aiden éteignit sa lampe et avança dans cette direction. Des échos de piaillements lui parvinrent. Grace était persuadée que les critters avaient un langage, elle prétendait reconnaître des mots de gallois et de gaélique. Aiden pensait qu'elle avait peut-être raison, mais n'osait le lui dire.

Aiden s'approcha doucement, rasant les murs. L'essaim se trouvait là, dans une jonction. Il comptait une trentaine de têtes. Aiden les observa. Des pixies et fées somnolaient, tandis que lutins et gnomes se disputaient un quignon de pain.

Aiden frappa. D'un bond, il fut sur ses proies. Ses couteaux de lancer fusèrent et épinglèrent quatre créatures. De deux rapides moulinets de son harpon, il intercepta les deux guerriers qui se ruaient à sa rencontre. L'un d'eux parvint à passer sa garde et faillit lui érafler sa joue d'une aiguille de glace. Il l'esquiva et le poignarda de son harpon. Les fées attaquèrent avec leur magie. Aiden les évita et contra en faisant siffler dans l'air son arme. Elles battirent en retraite. Aiden reporta son attention sur les fuyards. Les vieux et malades étaient en arrière, Aiden en tua trois. Il laissa les autres s'enfuir. Il regarda leur lumière décliner dans les tunnels. La lueur bleutée habituelle se teinta soudainement de doré. Aiden sursauta. Non, impossible !

Il courut dans la direction de l'aura, qui se volatilisa à l'angle d'un couloir. Aiden accéléra le pas, mais ses bottes se prirent dans un débris caché dans l'eau. Il faillit s'étaler de tout son long et se rattrapa de justesse avec son harpon. La lumière dorée avait presque disparu. Il fonça, elle était hélas plus rapide que lui. Gagnant insensiblement de l'avance, elle finit par s'effacer.

Aiden resta seul dans les ténèbres un moment, le souffle court, avant de se décider à rallumer sa lanterne. Qu'est-ce que cela pouvait bien être ?

Il revint sur ses pas et alla récupérer les corps des critters. Il ressentit un pincement en prenant les dépouilles. Cela devenait plus dur jour après jour.

Plus difficile depuis qu'il les observait, et qu'il avait vu des mères rassurer leurs bébés en chantant, des pères apprendre à marcher à leurs enfants, depuis qu'il avait compris l'amour qui liait les membres d'un même essaim. Il se répétait qu'il fallait qu'il gagne sa vie et il essayait de ne tuer que les plus faibles, mais il se dégoûtait de plus en plus. Raison de plus pour ne pas moisir dans cet emploi et arriver à activer ses dons coûte que coûte. Le garçon ferma son sac et le jeta sur son épaule.

Aiden repartit par où il était venu et rejoignit la surface. Il verrouilla la bouche et alla laver son équipement, avant de prendre le chemin du comptoir où officiait Mr Smith. Pour une fois, le tenancier ne dormait pas, mais recopiait des chiffres dans un de ses livres.

— Aiden. Ton associée n'est pas avec toi ?

— Pas cette fois, répondit-il. Mais elle vous salue bien.

Depuis le coup d'éclat de Grace, et les leçons de calcul qu'elle lui avait données, les primes d'Aiden avaient miraculeusement augmenté. Ça compensait ses baisses de revenus de la chasse.

— Alors, qu'est-ce que tu m'amènes ? demanda Mr Smith.

Il ouvrit son sac et le tenancier commença à examiner les corps. Aiden se détourna, en proie à une soudaine nausée mêlée de honte. Smith compta entre ses dents avant d'annoncer :

— Quatre shillings et six pennies.

Aiden empocha l'argent sans discuter, salua le gérant et s'apprêtait à sortir, quand le carillon d'entrée retentit. Le garçon se figea. Crazy Alfie passa la porte, accompagné de ses sbires. Aiden gémit intérieurement. C'était bien sa veine. Il se rappela alors la manière dont Grace lui avait tenu tête et ce qu'elle avait dit ensuite : ce genre de personnes visait les faibles. Aiden redressa donc le menton tandis que l'autre le fixait avec un sourire mauvais.

— Tiens. Mais c'est Sneaky Aiden…

— Alfie, se borna à le saluer le garçon.

— Tu tombes bien, tu arrives à pic pour voir ce qu'un vrai groupe de chasseurs peut faire.

Alfie semblait d'humeur joyeuse, car il passa un bras autour des épaules d'Aiden et le traîna jusqu'au comptoir. Jake y déposa un sac ensanglanté. Il y avait là des dizaines de corps en charpie. Le cœur d'Aiden lui remonta au bord des lèvres. Smith lâcha une exclamation.

— Bon sang… Vous les avez passés à la moulinette ou quoi ?

Il attrapa le cadavre désarticulé d'une fée.

— On est des chasseurs ! déclara fièrement John avec un sourire idiot.

— Des vrais guerriers ! ajouta Jake.

La nausée emplissait Aiden et s'y mêla vite une sourde colère, une brûlure qui lui traversa le ventre. D'un mouvement brusque, il se dégagea.

— Vous êtes des monstres ! lâcha-t-il.

La réplique fusa sans qu'il ne parvienne à la contrôler. Alfie pivota vers lui, toute bonne humeur envolée. Il agrippa Aiden par le col.

— Qu'est-ce que tu as dit ? gronda-t-il.

Plus moyen de reculer. De toute manière, Aiden s'était tu trop longtemps. Ce genre de comportement le révoltait.

— Vous croyez que vous êtes des hommes, des vrais, parce que vous êtes capables de massacrer des créatures de quatre ou cinq pouces, que vous attaquez en plus en traître. Oh oui, bravo !

Il applaudit avec ironie.

— En réalité, vous êtes des monstres.

Les mots et la rage contenus se déversaient maintenant hors d'Aiden. Il toisa les trois chasseurs, trop stupéfaits pour réagir. Le garçon pointa les cadavres étalés sur le comptoir.

— Ça vous rend fiers, d'avoir le pouvoir de vie ou de mort sur les critters, hein ?

— On est comme toi, on fait ça pour se nourrir ! tenta de se justifier Jake.

Aiden émit un rire sarcastique.

— À d'autres. On sait très bien que vous pourriez trouver d'autres moyens de gagner de l'argent. En réalité, vous descendez dans les égouts parce que ça vous excite, les cris et le sang.

Aiden riva son regard dans celui d'Alfie.

— Les critters ne tuent que pour manger. Tu vaux moins qu'eux.

Il s'était attendu à ce que son adversaire le frappe. Alfie ne le déçut pas. Il lui balança un crochet, qu'Aiden esquiva. Mais le premier coup était une feinte et un deuxième le toucha à l'estomac. Le garçon roula au sol, mais eut la présence d'esprit et la force de se relever d'un bond. Il percuta l'autre alors qu'il allait se jeter sur lui. Ils tombèrent tous deux. Alfie le bourra de coups de poing. Aiden lui rendit chacun d'entre eux. Quelque chose le frappa dans le dos. Jake et John l'attrapèrent par les épaules et l'envoyèrent valser contre une étagère. Le choc coupa le souffle d'Aiden, il se força pourtant à se redresser et à fixer ses adversaires. La main d'Alfie glissa vers sa ceinture, là où se trouvaient ses lames. Aiden l'imita. Ne plus jamais se laisser impressionner par plus grand et plus fort que soi.

— Oh !

La voix de Mr Smith claqua comme un coup de tonnerre. Il avait sorti un fusil de derrière son comptoir et le pointait sur les chasseurs. Jake et John louchaient d'un côté et de l'autre, d'un air confus.

— Pas de ça dans ma boutique ! s'exclama le gérant d'un ton outré.

Alfie, le visage déformé par la rage, tendit une main vers Aiden comme pour l'attraper.

— Je vais te retrouver et te faire la peau ! éructa-t-il.

Aiden le salua avec ironie.

— Je t'attends.

Il sortit du comptoir et décida de ne pas s'attarder dans le coin. Adoptant un petit trot, il fila vers sa pension. Ses jambes étaient en coton et il réalisa que sa lèvre inférieure saignait.

Alors que la colère disparaissait, la peur revint lui étreindre le ventre. Bon sang, mais qu'est-ce qui lui avait pris de défier Alfie comme ça ? Le garçon rentra vite fait bien fait chez Doreen et monta dans sa chambre. Au moment où il soufflait en déposant le sac avec son équipement sur le sol, un crissement attira son attention. Le sang déserta son visage. Les mains tremblantes, il ouvrit le paquetage. Sa lampe gisait au fond, sa carrosserie tordue, ses charnières arrachées et son verre brisé en dizaines d'éclats.

Chapitre 8

Pertes et fracas

Aiden était de retour dans l'East End et le quartier déployait devant lui ses murs gris. L'air était très pollué par les fumées en cette fin de journée et le garçon devait marcher avec un foulard sur sa bouche et son nez. Il croisa des groupes de travailleurs qui avaient fini leur journée à l'usine. Comme à chaque fois, leur mine creusée et leurs yeux vides le firent frissonner. Il se dépêcha d'arriver à destination.

Dans sa boutique, King l'accueillit avec chaleur, avant d'étudier sa lampe brisée. Il étala les morceaux sur son comptoir et les examina en marmonnant dans sa barbe. Puis il rangea sa loupe et secoua la tête d'un air désolé.

— Navré, gamin. C'est pas réparable.

— Vous êtes sûr ? Peut-être qu'en changeant juste ce qui est cassé...

Le roi secoua de nouveau la tête et posa la main

sur l'épaule d'Aiden.

— Crois-moi, si je te la rafistolais comme ça, ça te coûterait plus cher que d'en prendre une neuve. Sans compter qu'elle risquerait quand même de te lâcher à tout moment.

Aiden regarda sa lampe sans pouvoir dire quoi que ce soit. Il avait l'impression qu'on lui avait frappé sur le crâne à coup de massue. Outre l'utilité de la lampe pour la chasse, il s'agissait d'un cadeau de son oncle. La voir en miettes comme ça lui brisait le cœur.

— Combien ? demanda-t-il.

King réfléchit un moment.

— Je peux t'en avoir pour moins d'un souverain.

Soit plus de vingt shillings. Plus qu'il ne possédait.

— J'ai pas l'argent, dut reconnaître le gamin.

— Pas encore. Mais t'es un bon chasseur, Aiden. Si tu me payes un tiers de la somme, je peux te faire crédit pour le reste.

— Je… Je vais voir, bafouilla Aiden.

Il salua King et sortit de la boutique. En réalité, il savait qu'il n'avait pas le choix. S'il voulait continuer à chasser, il lui faudrait cette lanterne…

Aiden fixait le plafond défraîchi de sa chambre tout en broyant du noir. Le temps s'était dégradé et Londres était noyé sous des giboulées aussi imprévisibles que violentes. Aiden avait récolté un bleu sur le front à cause d'une averse de grêle. La chasse n'avait rien donné, Aiden n'avait pas osé se réaventurer dans les souterrains sans sa lanterne, et l'argent manquait à nouveau. Le dernier paiement de Grace n'avait pas suffi.

Grace ! Aiden se redressa d'un bond sur son lit. Il était censé la retrouver aujourd'hui ! Le garçon dévala les escaliers en catastrophe et alla regarder l'heure à l'horloge de la salle à manger. Onze heures passées. Il avait rendez-vous à dix heures. Plus la peine d'aller rejoindre la jeune fille… Il haussa les épaules. Tant pis, ce serait pour la prochaine fois.

Aiden laissa la routine reprendre ses droits. Il chassa, mais hors des égouts, afin de récolter un peu d'argent.

Le jour du rendez-vous suivant arriva. Cette fois-ci, Aiden se leva à l'heure et traversa les rues de Londres pour retrouver Grace à Regent's Park. Comme d'habitude, elle était assise sur un banc, tandis que sa nanny bataillait avec les plus jeunes. Il se glissa dans les taillis.

— Bonjour, la salua-t-il.

Elle ne répondit pas.

— Grace ?

Elle tourna la tête vers lui et le foudroya du regard.

— Ah, tu te souviens de qui je suis ! cracha-t-elle.

— Euh, oui…, risqua Aiden.

Elle semblait vraiment furieuse.

— Rappelle-moi quel était notre arrangement, d'ailleurs ? répliqua-t-elle d'un ton glacial.

Nous y voilà, songea Aiden. Elle était vexée parce qu'il l'avait oubliée la fois précédente.

— Je suis désolé, j'ai eu un contretemps.

— La belle affaire ! ricana-t-elle. J'ai dû attendre des heures sur ce banc. J'ai dû supplier Nanny, prétendant que je n'avais pas fini mon livre. J'ai échappé à sa surveillance pour faire le tour du parc, pour voir si tu n'étais pas quelque part ! Si tu n'avais pas eu des ennuis !

— Je suis désolé, répéta Aiden faute de mieux.

Il ne comprenait pas pourquoi elle se mettait dans des états pareils.

— Je me suis inquiétée !

Aiden leva les yeux au ciel.

— Grace, tu n'as pas de raison de t'en faire pour moi, c'est stupide.

Elle croisa les bras et le fixa d'un air mauvais.

— Et puis moi je n'en fais pas tout un plat quand tu ne peux pas venir à une de nos rencontres, répliqua-t-il.

— Moi je suis une fille, ce n'est pas pareil. Tu n'as pas le droit de faire attendre une dame.

La pique agaça Aiden.

— Je croyais que tu n'aimais pas quand je te faisais remarquer que tu étais une dame. Attention, miss Fairchild, je vais finir par penser que vous me ressortez le coup de l'éducation lorsque ça vous arrange !

Les yeux de Grace prirent une teinte d'acier. D'ordinaire, Aiden aurait lâché l'affaire. Mais la colère qui l'habitait depuis des jours recommença à enfler. Il en avait assez de passer toutes ses lubies à Grace, sous prétexte qu'elle avait une langue acérée et qu'il ne se sentait pas de taille à lutter contre elle.

— Hypocrisie, hein ! cracha-t-elle. Tu as beau jeu de me sortir cet argument, quand toi, tu fais semblant de t'intéresser à moi, alors que tout ce qui t'importe, c'est combien je vais te rapporter.

La remarque fit l'effet d'un coup de poignard à Aiden. C'était vrai au tout début de leur relation, mais il avait appris à apprécier la jeune fille pour ce qu'elle était. Une enquiquineuse, certes, mais une amie solide. Du moins le croyait-il jusque-là. Car elle le voyait visiblement comme un profiteur. La colère enfla dans sa poitrine.

— Tu es injuste, Grace, gronda-t-il.

— Et toi, tu es un rustre sans éducation. Mais ce n'est pas grave, je ne m'attendais pas à moins. Tout le monde finit par se désintéresser de moi, de toute façon. Ce n'était qu'une question de temps.

D'un coup, ce fut trop pour Aiden. Toute la frustration accumulée au cours des dernières semaines, toutes les déceptions et les coups durs se déversèrent.

— Moi ? Moi je n'écoute pas et je ne m'intéresse pas à toi ? Qui ne prête jamais attention à ce que je lui dis ? Qui a failli se casser la jambe en tombant dans les égouts parce qu'elle préférait n'en faire qu'à sa tête ?

— J'avais entendu un bruit et j'ai eu peur ! Et je te rappelle que c'est toi qui m'as percutée et c'est à cause de toi que j'ai manqué de chuter !

Aiden leva les yeux au ciel.

— J'ai essayé de te rattraper parce que tu avais fait une erreur. Mais bien sûr, ça, tu es trop fière pour l'admettre. De toute façon, quand tu as décidé quelque chose, tu fonces tête baissée et tant pis pour le reste et pour les autres.

Elle le fixa d'un air dur. La colère avait empourpré ses joues.

— Moi au moins, j'ai du tempérament et de la personnalité. Je ne me laisse pas marcher sur les pieds par tout le monde.

Aiden accusa le coup. Grace avait frappé pile dans ses insécurités. Pas question d'oublier ça.

— Je préfère me faire un peu marcher sur les pieds qu'être un éléphant qui piétine tout sur son passage !

— Tu es immature, borné et impoli !

— Et toi, tu es une peste imbue d'elle-même, qui n'a que son propre intérêt en tête.

— C'est faux. Je m'intéresse aux critters.

— Pour l'instant, oui. Mais on en reparlera dans quelques mois, quand une babiole aura attiré ton attention. Ou que la saison des bals aura repris et que tu seras trop occupée à essayer tes nouvelles robes et tes jolies chaussures vernies. Les critters, ce n'est qu'un épisode dans la vie d'une petite lady. Une manière de tuer le temps, de cacher l'ennui de tes longues journées, hein ?

Toute couleur déserta le visage de Grace, elle serra les poings très fort et Aiden crut voir des larmes briller dans ses yeux. Mais il était trop énervé pour s'arrêter en si bon chemin. Tout ce qu'il avait à reprocher à Grace se déversait maintenant hors de lui comme un torrent qu'il ne contrôlait plus.

— Tu es égoïste, Grace. Et tu m'accuses de ne pas m'intéresser à toi… Mais Miss Fairchild, si vous vous souciez vraiment de moi, comme vous semblez le prétendre, vous n'achèteriez pas mon amitié à coup de un shilling par ci, un shilling par là…

Il marqua une pause et railla :

— Si vous étiez mon amie, vous m'auriez déjà aidé à me procurer ces potions dont j'ai tant besoin pour échapper à ma vie de misère.

Grace lui administra une gifle retentissante. Surpris, Aiden tituba et porta la main à sa joue. La douleur dissipa sa colère, et il réalisa qu'il avait été trop loin. Il ouvrit la bouche pour s'excuser, mais la jeune fille fit un pas en arrière et le toisa avec un air de mépris qui le glaça.

— Le fait que vous soyez orphelin, Mr Jones, n'est sans doute pas la seule cause à votre solitude ! Bonne journée maintenant, je crois que nous nous sommes tout dit.

Les mots blessèrent Aiden, tout autant que les larmes qu'il vit briller dans les yeux de Grace. Honteux et en colère, il tourna les talons et s'enfuit.

Aiden revint de sa chasse les mains dans les poches. Il avait capturé une dizaine de critters frappés par la maladie et affaiblis par ce long hiver. Il se répétait qu'il leur avait offert une mort plus clémente qu'une longue agonie ou que les griffes d'un chat errant. Malgré tout, il se sentait malade. Il regagna sa pension et trouva Doreen sur le seuil. Elle fumait la pipe et profitait de ce premier redoux.

— Alors, gamin, quoi de neuf ? s'enquit-elle.

Aiden haussa les épaules.

— Rien de bien spécial.

— Tu chasses plus dans les égouts ? Je t'ai pas vu laver ton matériel depuis un moment.

— Je teste autre chose. Et si c'est l'argent qui vous intéresse, j'ai de quoi vous payer ! lança-t-il d'un ton plus brusque que ce qu'il aurait voulu.

Doreen posa sa pipe.

— Je suis pas inquiète pour le loyer…

Elle laissa planer ces mots. Aiden choisit de ne pas relever. Il aurait aimé rentrer se terrer dans sa chambre, mais Doreen lui bloquait le passage.

— Tu ne vois plus cette gamine des beaux quartiers non plus…

Inutile de nier. Aiden se borna à grommeler un vague :

— Elle a plus envie de me voir, j'crois.

Doreen hocha la tête et porta la pipe à sa bouche. Elle en tira une longue bouffée.

— Allez, si tu t'asseyais un moment et que tu me racontais.

Et puis pourquoi pas, après tout ? Aiden s'installa sur les marches du perron et narra à la logeuse la perte de sa lampe et la dispute avec Grace. Elle resta silencieuse, puis finit par opiner. Elle regarda le soleil qui se couchait entre les toits.

— Qu'est-ce que tu vas faire alors ?

— Je sais pas. Utiliser ma réserve pour réparer ma lampe et retourner chasser.

— Et pour la fille ?

— C'était juste une histoire comme ça, les critters. D'ici peu, la saison des bals et des fêtes reprendra. Elle aura d'autres choses à penser.

Doreen acquiesça de nouveau, comme si elle avait saisi un élément qui échappait à Aiden.

— Va te reposer. Je viens te chercher ce soir. Je veux te montrer quelque chose.

Aiden savait que ce n'était pas la peine de lui demander quoi. Il salua sa logeuse et se glissa à l'intérieur. Il gagna sa chambre et s'allongea.

Malgré sa volonté de rester éveillé et les pensées qui tourbillonnaient sous son crâne, il dut s'endormir, car trois coups secs frappés à sa porte le réveillèrent en sursaut. Il se leva pour aller ouvrir. Doreen se tenait sur le seuil, un bougeoir à la main. Elle fit signe à Aiden de le suivre. Ils redescendirent et rejoignirent la salle à manger de la pension. Doreen souffla la chandelle et, d'un geste, indiqua la fenêtre. Aiden s'approcha le plus discrètement possible et lorgna vers la cour intérieure. Au départ, il ne vit rien, mais un éclat attira son attention. Il les aperçut, deux fées occupées à se disputer un quignon de pain. Aiden nota ensuite un gobelin qui rongeait un os dans un recoin obscur.

— Les fées, c'est Rose et Lily. Le gobelin, je l'appelle Scrooge. C'est un satané grincheux, murmura Doreen.

Aiden demeura silencieux un instant, digérant ces informations.

— Vous les nourrissez ? finit-il par dire.

— Je leur donne parfois les restes et du lait. En échange, ils chassent les rats et les souris. Plus efficace que le vieux matou déplumé qui traîne dans le quartier, tu peux me croire. Je soupçonne d'ailleurs cette fripouille de chat de se faire gâter par la bande. J'ai déjà vu Lily dormir avec lui au soleil et Rose lui gratouiller le dessous du menton.

Aiden avait le vertige. Il regarda s'ébattre la troupe. Et dire qu'il avait houspillé Grace parce qu'elle essayait de se lier avec les critters.

— Y'a encore Elvin, Rusty, Tulip, Smokey et Fluffy, mais je pense que tu ne les verras pas ce soir.

Des piaillements leur parvinrent.

— Ah, Rose est en colère parce que Lily a pris la meilleure part, commenta Doreen.

— Vous… vous comprenez ce qu'ils disent ?

— C'est un mélange de gaélique et de gallois, prononcé par quelqu'un qui aurait une patate chaude dans la bouche, répondit la logeuse avec une ombre de sourire. Enfin bon, c'est pas pire que les gars du coin avec l'accent cockney[5].

De nouveau, Grace avait raison. Les critters avaient bel et bien un langage. Rudimentaire peut-être, mais un langage tout de même. Aiden en avait le vertige.

— Depuis combien de temps est-ce que vous les connaissez ?

— Un moment maintenant. Leurs parents sont arrivés il y a plusieurs années, avant que tu rejoignes la pension. Il gelait à pierre fendre, c'était le milieu de l'hiver, j'ai pas eu le cœur de les chasser. De toute manière, j'avais déjà pris ma retraite. Ils sont restés, et j'ai jamais eu à m'en plaindre.

Doreen coula un regard vers Aiden.

— Tu ne les avais jamais remarqués, hein ?

Le garçon secoua la tête, même si certains éléments, comme l'absence de rats dans la pension, prenaient

5. *Cockney* : accent des quartiers ouvriers de Londres réputé difficile à comprendre.

tout leur sens. Une autre question germa alors dans son esprit :

— Doreen ? Pourquoi est-ce que vous avez réellement arrêté la chasse ?

Un sourire triste se peignit sur ses traits, déformant la cicatrice qui barrait sa joue.

— Je te l'ai déjà dit. Je ne voulais pas crever dans un de ces tunnels ou m'épuiser à chasser le critter et finir dans un hospice. J'ai eu une opportunité de prendre ma retraite, je l'ai saisie.

Elle s'arrêta. Aiden resta silencieux, alors Doreen poursuivit :

— J'en avais assez de ces massacres, j'en pouvais plus de zigouiller ces bestioles pour gagner ma vie. J'ai quitté le groupe. Ton oncle a jamais trop compris. La chasse, c'était tout pour lui…

Elle marqua une nouvelle pause.

— Tu ne t'es jamais demandé pourquoi tu es le seul chasseur de ma pension ? Pourquoi je ne loue pas à une troupe comme Crazy Alfie et sa clique ?

— Si, confessa Aiden.

— Je ne voulais pas d'une bande pareille à ma table, qui se serait vantée de ses tueries. Toi, tu chasses en solo. Tu respectes les critters, tu les massacres pas aveuglément.

Ils regardèrent Rose et Lily s'ébattre dehors.

— Tu commences à comprendre toi aussi : c'est pas qu'un ramassis de créatures sans cervelle. Ils sont intelligents.

Ils observèrent les deux fées laisser tomber à trois reprises le morceau de pain qu'elles convoitaient.

— Enfin, à leur manière. Ils fabriquent des outils, ils ont des familles, ils pleurent leurs morts comme nous. Ils ont des émotions : colère, tristesse, amour...

Aiden resta silencieux. Le tas d'or que les critters avaient assemblé dans les égouts lui revint en mémoire. Se pouvait-il que les critters aient volé tous ces bijoux pour les offrir à quelqu'un ? Ou à quelque chose ? Vénéraient-ils Dieu à la manière des humains ?

— J'avais à peu près ton âge quand la Jonction a eu lieu, reprit Doreen.

Aiden lui lança un bref regard. Il était rare qu'elle en parle. Décidément, c'était la soirée des confessions...

— Je me rappelle quand le ciel est devenu doré, puis irisé, et que les féeriques sont arrivées. Les elfes, les fées, les dragons... On était tous babas. Tu imagines, toutes les créatures des contes étaient réelles. On pensait tous que ça allait tout changer, qu'ils apporteraient la prospérité.

Elle émit un rire amer.

— Mais au lieu de ça, on a eu les attaques contre Victoria et la guerre. On rêvait tous d'or et on s'est retrouvés à patauger dans la boue à chasser les critters, des bestioles déracinées qui se sont adaptées comme elles ont pu à un monde qui n'est pas le leur.

Doreen resta silencieuse, avant de murmurer :

— Fais pas la même erreur que moi, Aiden, ne reste pas ici si la ville n'a plus rien à t'offrir. Si tu penses pouvoir échapper à cet endroit qui pue la mort et la charogne, vas-y. J'ai entendu dire que la situation était différente aux Amériques. Eux aussi ont connu une Jonction, mais pas de guerre. Y'a que des critters, et qui vivent à peu près en harmonie avec les humains. Il y a peut-être un avenir pour toi là-bas, plus qu'à Londres. Alors si tu as envie de partir, n'hésite pas. Et si jamais elle veut venir, emmène la gamine avec toi.

Aiden afficha un sourire ironique. Après les horreurs qu'ils avaient échangées, il n'était pas sûr que Grace souhaite le revoir. La colère avait laissé place à la honte à ce sujet. Il s'en voulait de s'être emporté. Tout comme il s'en voulait d'avoir été aveugle toutes ces années.

— Doreen ? Je peux vous poser une question ?

— Vas-y.

— Vous… Vous n'avez jamais eu envie de vous marier ?

Elle le fixa d'un drôle d'air et il crut avoir été trop loin. Mais elle soupira et regarda au-dehors.

— La seule personne qui m'ait jamais intéressée préférait la chasse. Cet homme avait en plus la charge d'un jeune garçon, qui passait avant tout.

Scrooge avait fini son repas et appela ses compagnes d'un mot bref et sec. Rose et Lily s'empressèrent d'attraper ce qui restait du bout de pain et de filer se cacher à sa suite. Doreen posa une main sur l'épaule d'Aiden.

— Allez, le spectacle est terminé, monte te coucher, petit, décréta-t-elle.

Aiden lui obéit et regagna sa chambre. La tête pleine de réflexions, il mit longtemps à trouver le sommeil.

Aiden était de retour à Primrose Hill et, une nouvelle fois, il faisait le guet devant la demeure des Fairchild. Mais en ce début de soirée, il ne surveillait pas les critters. Il attendait Grace. Elle ne savait pas qu'il était là et il espérait pouvoir attirer son attention et qu'elle sorte le retrouver. Il voulait s'expliquer.

Aiden patienta un long moment. Deux fiacres remontèrent la rue, mais ni les cochers ni les passagers ne le remarquèrent. Dans la maison, les domestiques s'agitaient, Aiden les vit s'affairer avec des plats et assiettes lors du repas. De Grace, nulle trace.

La nuit tomba et s'installa, les lumières s'éteignirent au rez-de-chaussée pour s'allumer dans les étages. Quelque chose bougea dans la chambre de Grace. Le cœur du garçon fit un bond quand il l'aperçut à la fenêtre. Elle s'arrêta et le fixa. Aiden lui adressa un salut. Elle resta figée un instant, puis tira les rideaux d'un coup sec. Au moins le message était clair. Les pieds de plomb et le cœur lourd, Aiden repartit à sa pension et regagna sa chambre. Sans se déshabiller, il s'allongea sur son lit et observa le ciel nocturne par la fenêtre. On pouvait considérer son amitié avec Grace comme morte et enterrée.

Cette pensée lui nouait la gorge. Quel idiot ! Il roula sur le côté de son matelas. Son regard tomba sur un sac au sol, qui contenait les restes de sa lampe. Aiden ferma les yeux pour ne plus les voir.

Qu'allait-il faire ? La simple idée de redescendre chasser lui retournait l'estomac. Mais comment pouvait-il gagner autrement sa vie à Londres ? Son oncle lui avait fait jurer de ne pas se contenter d'une existence misérable et de tout tenter pour s'en sortir. Et si le salut se trouvait ailleurs ?

Aiden se redressa à cette pensée. Peut-être avait-il

fait son temps dans cette cité puante et tentaculaire. Il eut soudain envie de changer d'air. Des bateaux partaient pour les Amériques, il pourrait payer son passage en travaillant et recommencer une nouvelle vie là-bas. Loin des toits gris de la ville et de ses odeurs de charbons, loin de Crazy Alfie et de tous les barbares dans son genre. Loin de Doreen et de Grace.

Chapitre 9

Elaine et Grace

Doreen frappa à la porte d'Aiden.

— Gamin ? Y'a quelqu'un qui demande à te voir en bas.

Le garçon, plongé dans la lecture d'un livre sur les habitudes des critters, releva la tête, surpris. Il ne connaissait personne qui aurait envie de le voir et que Doreen aurait laissé entrer.

— Qui est-ce ?

— Elle est blonde, plutôt mignonne et elle est apparue comme ça dans mon hall.

Le cœur d'Aiden manqua un battement. Grace ! Elle était venue. Mais l'excitation se dissipa aussitôt, remplacée par de la honte à l'idée de ce qu'il lui avait dit la dernière fois. Il avait déçu Grace et le souvenir des piques qu'elle lui avait lancées le taraudait toujours. Pas question de remettre ça.

— Je… Je préférerais ne pas la voir, bafouilla-t-il. Si

tu pouvais la renvoyer…

Doreen posa les poings sur ses hanches et le toisa.

— D'une, je ne suis pas ta gouvernante, je suis déjà bien gentille d'être venue jusque-là. De deux, tu vas arrêter de broyer du noir comme ça tout seul, tu vas prendre tes responsabilités, descendre et t'expliquer avec cette fille !

Aiden haussa les épaules et bougonna quelques paroles, ce qui arracha un soupir à Doreen.

— Écoute, t'es trop jeune pour jouer les vieux idiots bornés, bien que tu sois sur le bon chemin. Cette petite s'est tirée de chez elle et est venue te voir, alors même si vous ne faites pas la paix, tu vas au moins lui parler !

Quand Doreen adoptait ce ton-là, il valait mieux lui obéir. Aiden descendit, les jambes légèrement flageolantes, et découvrit Grace dans l'entrée. Elle portait un pantalon et une veste trop grande pour elle. Elle avait dissimulé ses cheveux sous une casquette et se tourna vers Aiden.

— Bonjour, le salua-t-elle.

Il voulut lui répondre et s'excuser, les mots restèrent bloqués dans sa gorge.

— Bon, les gamins, c'est pas tout ça, mais moi je dois nettoyer le hall ! leur lança Doreen depuis l'étage. Vous serez gentils d'aller vous promener. J'ai entendu dire que les bords de la Tamise sont ravissants en cette saison.

Aiden saisit l'allusion. Il poussa la porte et s'écarta pour laisser Grace passer. La jeune fille lui adressa un pâle sourire et sortit. Puis le garçon ouvrit la voie vers la Tamise. Le fleuve se situait à une demi-heure de marche, qu'ils accomplirent en restant silencieux. Le malaise s'étirait entre eux et Aiden ne savait pas comment le rompre. Ils finirent par atteindre les berges et s'accoudèrent à une balustrade, regardant une barque dériver en contrebas. Aiden tournait et retournait les mots dans sa tête, cherchant une manière de dire ce qu'il pensait sans blesser Grace. Pas évident, car la dernière fois qu'il avait ouvert la bouche, il avait fait mouche. Pour une fois qu'il faisait preuve d'éloquence…

Aiden se décida enfin à expliquer à Grace combien il était désolé. Miss Fairchild le devança.

— Je suis une idiote, pas vrai ?

Aiden ne s'attendait pas à une telle entrée en matière et sentait confusément que la question comportait un piège. Grace coula un drôle de regard vers lui.

— Pas la peine de te tortiller comme ça, tu peux le dire.

Aiden préféra la prudence.

— Tu n'es pas une idiote. Disons que tu as tes idées et que tu n'en démords pas facilement.

Elle esquissa un maigre sourire. Aiden se jeta à l'eau.

— Et moi, je suis un rustre… C'est vrai que j'ai voulu t'utiliser pour ton argent, mais ça a rapidement changé. Dans tous les cas, je me suis comporté comme un imbécile.

Elle ne nia pas.

— Je suis désolé de tout ce que je t'ai dit l'autre jour… Je regrette de t'avoir balancé cette histoire de shillings en pleine figure, ce n'était pas correct. Et puis, affirmer que tu te fiches des critters… ce n'est pas vrai.

— Oh, une partie était réaliste. Je ne suis pas une lady et je fais honte à mon rang. J'ai un sale caractère et je pense d'abord à moi et à mes rêves avant les autres.

Elle poussa un soupir et fixa la Tamise, sans la voir.

— Tu sais, je t'envie parfois, Aiden…

— Oui, c'est vrai que ma situation en ferait rêver plus d'un ! ne put s'empêcher de cracher le garçon.

Mais qu'est-ce qu'elle s'imaginait à la fin ? Que c'était romantique de descendre tous les jours dans les égouts pour massacrer des créatures féériques ? Qu'il adorait vivre dans une minuscule chambre et ne manger à sa faim que les jours fastes ? Qu'il avait un avenir rayonnant devant lui ? La colère revint, plus forte et acide que jamais.

— Je suis pauvre, Grace ! Je suis tout le temps sur le fil, à me demander si j'aurai assez d'argent pour le loyer, si je pourrai me payer mon prochain repas chaud ! Plus les mois passent et plus mon rêve d'activer mes pouvoirs s'éloigne ! Je suis prisonnier de cette ville.

— Et moi, je suis prisonnière de ma vie, rétorqua la jeune fille, le regard dur.

Elle s'adoucit un peu.

— Je sais ce que tu traverses, Aiden. J'aimerais t'aider, vraiment. Oh, Aiden, crois-moi, si je pouvais, je t'aurais déjà donné suffisamment d'argent pour que tu puisses acheter les potions dont tu as besoin. Tu ferais un magicien phénoménal. Le genre qui dépoussiérerait le Collegium.

— Ta famille est riche, Grace, répliqua le garçon. Ne va pas me faire avaler que tu comprends ce que c'est de manquer.

Les non-dits refirent surface. Si elle disait vrai, pourquoi effectivement ne pas lui avoir offert ces fameuses potions ?

— Mon père est riche, rectifia-t-elle. Moi je n'ai rien.

Devant le regard d'Aiden, elle expliqua :

— De par la loi, je ne possède rien. Tout appartient à mon père et plus tard, reviendra à mon mari. Que Sir Fairchild a déjà commencé à chercher, en sélectionnant les partis les plus intéressants…

Une grimace de dégoût tordit son visage.

— C'est le destin des filles de bonne famille comme moi…

— Mais, et l'argent pour les leçons ?

— J'ai réussi à vendre quelques bijoux. Rien de bien folichon, je ne pouvais pas me permettre d'escamoter les plus grosses pièces, mon père aurait su. J'ai acheté de quoi activer partiellement mes dons. Juste assez pour développer mon habileté à passer inaperçue. Le reste a servi à te payer.

Aiden demeura silencieux, stupéfait par la vérité qu'il découvrait là. Il se remémora les fois où Grace lui avait donné de l'argent et notamment cette fameuse occasion où elle ne lui avait pas remis ce qu'elle avait promis.

— Quand tu m'as ramené deux shillings au lieu de quatre, c'était que tu n'avais pas réussi à réunir la somme, non ?

Elle opina.

— Elizabeth m'a repérée alors que j'allais faucher un bijou et m'a dénoncée à Nanny. Elle n'a pas épilogué, mais elle m'a surveillée étroitement pendant trois jours. Je n'ai pas pu vendre le collier.

Son regard se perdit dans les eaux de la Tamise.

— J'étais morte de honte que tu me le fasses remarquer…

— Désolé.

— Non, ne t'excuse pas. J'aurais dû être franche avec toi dès le début.

Cela aurait peut-être évité à Aiden de se faire des nœuds au cerveau en tentant de comprendre les revirements de Grace. Il la voyait maintenant sous un autre jour, son côté arrogant et fonceur masquait sa peur et son angoisse du futur. Son envie de compétition venait sûrement du besoin de se prouver – et de prouver au monde entier – qu'elle pouvait être plus qu'une simple plante de salon.

— Pourquoi, alors ?

Grace haussa les épaules et ne regarda pas Aiden en face, tandis qu'elle déclarait :

— J'avais peur, je crois.

— De moi ? s'étonna le garçon.

— De ta compétence. Tu n'es pas le premier chasseur qu'on voit passer dans le quartier. Mais tu es le seul que j'ai vu observer ainsi les critters. Le seul qui emploie sa tête plutôt que ses muscles. Et puis, tu es si vif et rapide. Aussi preste qu'un elfe. Lively

Aiden[6]. Ça devrait être ton surnom…

Les joues d'Aiden s'empourprèrent et il bégaya quelques paroles.

— J'avais peur que tu ries de moi et que tu m'envoies promener. J'ai utilisé l'argent pour te forcer à m'accepter. Ce n'était pas bien. J'aurais vraiment dû te dire la vérité.

Aiden n'en revenait pas qu'une fille d'un rang social supérieur au sien, aussi intelligente et jolie que Grace, puisse se sentir nerveuse en sa présence.

— Tu as du talent, Aiden, tu mérites de réussir, dit-elle.

— Toi aussi, répondit-il spontanément.

L'espace d'un instant, il se prit à rêver à ce que serait leur vie s'ils étudiaient au Collegium ensemble, les choses qu'ils pourraient accomplir.

— Pourquoi ne pas ignorer les ordres de ton père ? Acheter les potions et activer le reste de tes pouvoirs, puis te présenter au Collegium ? demanda-t-il.

Elle esquissa un sourire triste.

— Quand je suis toute seule, au milieu de la nuit, c'est une idée tentante. Et puis je me réveille et je pense à l'examen d'entrée au Collegium pour les filles.

Elle adressa un regard acéré à Aiden.

6. *Lively Aiden* : Aiden le vif.

— Il est différent de celui des garçons, tu ne le savais pas ?

Il secoua la tête en signe de dénégation.

— Les femmes doivent se présenter dépourvues de tout artifice afin qu'on puisse juger de la pureté de leur cœur et de leurs actes. Elles doivent traverser le Collegium ainsi avant de passer l'examen proprement dit.

Devant l'air perdu d'Aiden, elle insista :

— Dépourvu de tout artifice, cela veut dire sans aucun vêtement.

— Oh.

Aiden perçut tout de suite l'humiliation de ces jeunes filles, et la réaction que la bonne société aurait.

— Voilà pourquoi il y a si peu de femmes au Collegium.

— Peu osent tenter l'expérience. Et je pense que mon père me renierait dans le meilleur des cas. Dans le pire…

Elle laissa planer les mots. Aiden se rappela que Grace avait une sœur et que lord Fairchild n'avait peut-être pas besoin de deux filles. Il frissonna.

— Le Collegium m'est interdit, murmura-t-elle.

— Et moi, je ne pourrai probablement jamais y entrer…, ajouta Aiden.

Ils restèrent un moment silencieux, avant que le garçon ne lance :

— On fait la paire, n'est-ce pas ?

Elle émit un petit rire qui lui fit chaud au cœur.

— Tu m'as manqué, chuchota-t-il.

Le sourire de Grace récompensa ces mots.

— Toi aussi, avoua-t-elle.

L'espace d'un instant, le masque se fissura et Aiden vit la jeune fille fragile qu'elle cachait derrière son apparence dure et conquérante. Et puis un pétillement familier naquit dans ses yeux.

— Franchement, m'abandonner de la sorte, ce n'était pas digne de vous, Mr Jones, commença-t-elle.

Nul venin dans la taquinerie cette fois.

— Pour compenser, j'ai dû me faire de nouveaux amis, déclara-t-elle.

La lueur espiègle était revenue au fond des prunelles de la demoiselle, et Aiden réalisa à quel point il s'était langui de leur complicité.

— Quels amis ? releva-t-il.

Grace chuchota quelques mots dans une langue gutturale qui ressemblait à du gallois. Quelque chose bougea dans une poche de sa veste. Une petite tête triangulaire aux larges yeux noirs apparut. La fée frotta une paupière ensommeillée et gratta sa tignasse rousse et bouclée. Puis elle avisa Aiden et tressaillit. Grace lui murmura de nouvelles paroles apaisantes. La créature sortit précautionneusement de sa cachette, uniquement pour aller se percher sur l'épaule de Grace. Elle lui chuchota quelque chose à l'oreille qui arracha un rire à la jeune fille.

— Elle trouve que tu es très mal peigné.

Aiden se recoiffa comme il put, et observa la fée. Elle le fixait avec curiosité, debout sur l'épaule de Grace, une main posée sur son cou.

— Voici Elaine. C'est l'un des critters dont je te parlais qui a élu domicile dans mon jardin.

— Tu l'as apprivoisée ?

— En quelque sorte. Mais je préfère me dire que nous essayons de devenir amies. J'apprends leur langue et elle, l'anglais.

Aiden en avait le vertige. Elaine s'assit sur l'épaule de Grace et regarda le fleuve avec de grands yeux. Elle pointa du doigt d'un air excité un bateau qui passait et pépia une phrase.

— Oui, je sais. Gauvain et Galahad adoreraient ça, convint Grace.

— Tu ne t'es pas contenté d'une fée, nota Aiden.

— Non, Gauvain est un gnome et Galahad un lutin. Ils sont arrivés dans mon jardin après que j'ai soigné Elaine. Au départ, ils étaient méfiants, j'ai dû les amadouer avec de la nourriture. Puis nous avons commencé à échanger. Ils apprennent vite, tu sais.

Elaine ponctua sa phrase d'une petite tirade, qui arracha un sourire à Grace, puis elle se leva et voleta en direction de la Tamise.

— Les larcins ont repris de plus belle, Aiden, souffla Grace, sans lâcher la fée des yeux.

— Dans les beaux quartiers ?

Elle opina.

— Oui. Mais leur mode opératoire a changé. Ils sont plus discrets et plus malins. Je te l'ai dit, ils apprennent.

Elle marqua une pause. Elaine s'amusait tourbillonner au-dessus de la Tamise.

— Il y a autre chose… Ces bijoux qu'ils volent, je ne pense pas que ce soit pour eux. C'est comme si… Ah ! j'ai du mal à l'expliquer !

— C'est comme s'ils regroupaient des richesses pour quelqu'un d'autre, termina Aiden pour elle.

Elle coula vers lui un regard inquisiteur. Aiden lui raconta alors ce qu'il avait vu le soir où Alfie et ses complices l'avaient attaqué dans les couloirs : le tas de bijoux et la lumière dorée.

— Aiden, qu'est-ce qu'il y a là dessous ? s'enquit Grace.

— Je ne sais pas, mais j'ai bien l'intention de le découvrir ! déclara le garçon.

Il marqua une petite pause.

— Accepterais-tu d'être de la partie ?

Un large sourire éclaira le visage de Grace.

— Avec joie !

La nuit était tombée. Aiden se chaussa et enfila un manteau de toile. Même si la température avait bien remonté, annonçant un printemps doux et un été de nouveau caniculaire, les soirées pouvaient se montrer fraîches. Doreen était sur le pas de la porte, fumant sa pipe. Aiden la salua, puis lança quelques mots en direction de Lily et Scrooge. Les critters se révélaient plus aventureux ces dernières semaines, comme s'ils avaient senti qu'Aiden ne leur ferait plus de mal.

Le garçon s'engagea dans les rues enténébrées de Londres, marchant d'un bon pas. Il avait hâte d'être au lieu de rendez-vous. Il l'atteignit un peu avant onze heures. Grace se trouvait déjà là, vêtue de noir, postée à l'angle de deux avenues. Aiden la salua avec joie, et adressa un sourire à Elaine, toujours perchée sur l'épaule de la jeune fille.

— Du mal pour sortir ? s'enquit-il.

Deux jours auparavant, Grace avait dû renoncer à filer hors de chez elle, car son père avait veillé tard. Grace avait préféré ne pas prendre le risque. Si l'un des domestiques ou même Nanny la surprenait, elle pourrait s'en tirer. Si lord Fairchild était impliqué, par contre…

— Non, répondit-elle, Père a été envoyé en Écosse pour quelques jours. Je suis tranquille.

Elle avait effectivement une mine plus reposée et détendue.

— Ils se sont montrés ? demanda Aiden.

— Hier soir, expliqua Grace. Ils ont cambriolé le numéro quarante-trois et…

Des éclats de voix l'interrompirent. Grace tourna vivement la tête vers le bout de la rue. Trois silhouettes s'avançaient en discutant à mi-voix. Aiden reconnut tout de suite la démarche chaloupée de celui qui allait devant. Son sang se figea. Crazy Alfie et ses sbires l'avaient suivi. Grace lui prit la main et le fit reculer dans un coin d'ombre. Elle attrapa Elaine et la cacha sous son manteau pour étouffer sa lumière. Les trois chasseurs dépassèrent leur position sans les voir. Elaine sortit la tête de son abri, retroussa les lèvres sur ses dents et émit un sifflement de colère.

— Chut ! lui intima Grace.

Si elle pouvait les rendre invisibles, elle n'avait pas encore trouvé comment faire disparaître les sons. La fée grommela, mais se tut et retourna sous le manteau. Alfie et les deux autres continuèrent dans la rue jusqu'à s'arrêter une maison plus bas.

— Ça fait deux jours qu'ils traînent ici, chuchota la jeune fille. Je pense qu'ils ont eu vent des vols et qu'ils veulent capturer des critters.

— Ou alors ils espèrent refaire leur coup de la dernière fois.

Quoi qu'il en soit, il n'était pas heureux de voir ces trois brutes dans le secteur.

— Oh, mais attends, tu vas adorer ce qui va suivre…, murmura Grace. Viens.

Tenant toujours Aiden par le bras, elle se coula dans les ombres des maisons jusqu'à atteindre une position d'où ils pouvaient observer Alfie et sa bande, tout en restant cachés. Le chasseur et ses deux acolytes patientaient, appuyés contre un mur. Ils guettaient une grande demeure en face. Aiden perçut de la lumière bleue et argentée derrière des fenêtres au rez-de-chaussée. Bientôt, des cris et piaillements résonnèrent dans le jardin.

Aiden tendit le cou et vit sortir la troupe : trois gobelins, deux lutins et un pixie. Ils traînaient derrière eux un sac plutôt rebondi et qui lâcha un cliquètement métallique alors qu'ils le tractaient en bas des marches du perron. Les critters partirent en se chamaillant visiblement sur la meilleure manière de tenir leur sac. Tandis qu'ils s'éloignaient dans la rue, Alfie et les autres leur emboîtèrent le pas. Aiden échangea un regard avec Grace. La jeune fille hocha la tête et à leur tour, elle et Aiden entamèrent leur filature.

Devant, les créatures titubaient sous leur charge. Ils beuglaient à tue-tête, comme s'ils tentaient d'attirer l'attention. Aiden fronça les sourcils. Cela ne leur ressemblait pas, d'autant plus qu'ils dépassèrent une bouche d'égout et continuèrent leur chemin au lieu d'essayer de s'y cacher. Ils marchèrent tant bien que mal jusqu'à un croisement et se plantèrent au milieu de la rue.

Alfie et ses camarades les suivaient toujours. Les critters lâchèrent leur sac, comme s'ils voulaient se reposer. Au lieu de cela, d'un mouvement rapide, chacun fila à une direction du carrefour. Aiden vit Crazy Alfie se précipiter à leur poursuite. Sans succès. Lui et les deux autres revinrent vers le sac abandonné.

— Attends, souffla Grace.

Alfie, pensant sûrement compenser cette chasse manquée par quelques richesses, ouvrit le butin des critters. Il lança une exclamation qui se mua en un hurlement de colère. Il ôta du sac une casserole. Jake et John extirpèrent des fourchettes et des couteaux. Leurs jurons montèrent jusqu'au ciel. Aiden ne put étouffer un ricanement.

— Je vais les retrouver et leur faire la peau ! beugla Alfie.

Grace tira Aiden par la manche.

— Par ici, souffla-t-elle.

Ils battirent en retraite et revinrent devant la maison qui venait d'être visitée.

— Regarde, murmura Grace.

Elle désigna le toit. Trois lumières fantomatiques s'y déplaçaient. Elaine applaudit et pépia quelques mots. Aiden comprit la manœuvre des critters.

— Le premier groupe était une diversion, pour attirer d'éventuels chasseurs à l'écart. Pendant ce temps, une autre équipe vole ce dont ils ont vraiment besoin, mais en petite quantité, expliqua-t-il.

— Des bijoux, sûrement, ajouta Grace.

— Et où les emportent-ils ?

— Elaine et les autres ne savent pas. Mais j'ai réussi à pister une troupe. Ils retournent dans les égouts.

Les deux échangèrent un regard. Mais que cachaient-ils dans les souterrains ?

Aiden entra dans Regent's Park en ce bel après-midi d'été. Le soleil cognait fort, mais les enchantements maintenaient une brise fraîche dans le parc. Aiden passa les grilles et respira à fond les odeurs de fleurs que ramenait le vent. Il remonta les allées, les dames avaient sorti leurs ombrelles et les enfants profitaient de la fraîcheur dispensée par les fontaines. Le garçon retrouva Grace assise sur son banc favori, le visage couvert par un large chapeau. Elle était jolie, dans sa robe de lin blanc, mais le chasseur se garda bien de le lui dire…

Aiden se glissa dans les taillis, vérifia que la nanny était occupée avec les deux plus jeunes, puis appela Grace. Elle se tourna vers lui. Aiden remarqua ses yeux rougis.

— Tout va bien ? s'alarma-t-il.

— Oui. Oui, ne t'inquiète pas…, murmura-t-elle.

Aiden patienta, incertain. Devait-il insister, au risque de se faire rabrouer, ou attendre un moment où elle serait plus disposée à parler ? Ce que les filles étaient compliquées… Grace trancha le dilemme pour lui en changeant de sujet. Elle lui passa un morceau de papier, qu'il déplia.

— C'est la carte mise à jour.

Grace et lui avaient retracé le plan des quartiers riches et repéré où des vols avaient déjà eu lieu. Grace écoutait les potins des domestiques et tirait les vers du nez de sa nanny. Aiden avait trouvé un emploi de livreur – pas chez l'épicier Harris ! – chez un boucher qui fournissait les maisons des beaux quartiers. Ensemble, cela faisait plusieurs semaines qu'ils notaient les déplacements des critters et les larcins commis. Il y en avait peu, souvent il ne s'agissait que de quelques bijoux. Pas assez pour attirer l'attention et pour justifier une prime, et donc, une nouvelle période de chasse.

Malgré tout, les deux jeunes gens avaient recoupé les données et avaient la certitude qu'ils avaient affaire à un essaim d'une taille conséquente, qui nichait dans les égouts. Aiden ne leur donnait pas tort : les humains les ignoraient, les chasseurs n'allaient pas trop dans cet endroit de peur d'en froisser les riches habitants. Aiden reporta son attention sur le plan. Une maison était marquée d'un point rouge.

— C'est la propriété de lord et lady Coulter, l'informa Grace. La seule qui n'ait pas été visitée dans le secteur au cours des dernières semaines.

— Tu penses qu'ils vont frapper là ? s'enquit Aiden.

La jeune fille opina.

— Et je crois savoir quand, ajouta-t-elle.

Aiden lui adressa un regard surpris.

— Le six juillet. Il y a un bal chez lord Cole. Tout le gratin y est convié, vu qu'il s'agit du magicien impérial en titre. La Reine pourrait même y faire une apparition.

Aiden hésitait. Grace se tourna vers lui.

— Aiden ! Ça pourrait être notre seule chance ! J'ai

réussi à faucher un souverain, tu pourras racheter un peu de matériel, on aura une lampe pour descendre. Le quartier sera désert, mon père sera là-bas, j'aurai le champ libre ! Nous pouvons découvrir ce qui se cache dans les tunnels.

Les yeux de Grace brillaient d'une drôle de lueur, un mélange d'excitation et de désespoir.

— Grace, est-ce que tout va bien ? s'inquiéta-t-il.

L'espace d'un instant, il crut qu'elle allait lui parler. Mais elle secoua la tête et prit un air faussement enjoué.

— S'il te plaît, Aiden ! Je veux savoir ce qu'il y a là-dessous.

Il songea qu'il ne pouvait rien lui refuser quand elle le regardait comme ça et acquiesça.

— D'accord. Mettons-nous en chasse !

Chapitre 10

La lumière dans les tunnels

Il pleuvait. Une pluie orageuse d'été qui s'écrasait en grosses gouttes sur les pavés. Aiden se félicitait d'avoir revêtu son paletot en cuir huilé qui le protégeait du déluge. Dans un sac se trouvait celui de Grace.

Grace qui ne venait pas.

Le garçon s'agita, tendant le cou pour guetter la rue. Personne. Mais bon sang, que fichait-elle ? Aiden était en poste près de la maison des Coulter depuis deux bonnes heures. Comme prévu, les critters étaient entrés quelques instants auparavant et des lumières argentées passaient par intermittence devant les fenêtres. Ils ne tarderaient pas à ressortir. Si ça continuait, Grace allait louper le rendez-vous et il devrait filer leurs proies tout seul. Qu'est-ce qu'elle fichait ? Pourquoi n'était-elle pas là ? L'inquiétude rongeait Aiden.

Dans la maison, les critters s'agitaient. Bientôt, ils seraient dehors. Pourvu que Grace ne se soit pas fait prendre. Une cavalcade retentit. Aiden tourna la tête, mais ne vit rien. Il poussa un soupir de soulagement alors que Grace se matérialisait à ses côtés.

— Désolée. J'ai cru que je n'arriverais jamais à m'éclipser de cette fichue réception.

Aiden s'apprêta à lui passer un savon pour lui avoir causé tant d'inquiétude. Il ne parvint qu'à ouvrir la bouche et à gober l'air comme un poisson hors de l'eau. Grace se tenait devant lui, vêtue d'une longue robe de soirée de soie bleue, avec de la dentelle et de coquets rubans. Ses cheveux étaient remontés en un complexe chignon piqué de perles.

— Tu es… Tu es…, bredouilla-t-il.

— Ridicule et très en retard je sais, rétorqua Grace, passablement énervée.

« Splendide » était plutôt le mot qu'Aiden cherchait, mais il avait la sensation qu'elle risquait de mal le prendre.

— Tu viens du bal ?

— Non, c'est le genre de chose que j'adore enfiler pour jardiner ! répliqua-t-elle.

La remarque tira un sourire à Aiden malgré lui, sans dissiper complètement son inquiétude.

— C'est ton père qui t'y a emmenée ?

Un air de peur traversa le visage de la jeune fille, qui se ressaisit aussitôt.

— Grace, est-ce que ça va ? insista Aiden.

Elle le regarda avec une drôle d'expression triste, puis sourit. Elle prit les mains d'Aiden.

— Rassure-toi, j'ai réussi à m'échapper et personne ne m'a vue.

— Grace…

— Je suis avec toi maintenant, donc je vais bien.

Ébranlé, Aiden ne put qu'opiner.

— Il y aura des conséquences à mes actes, mais je les assumerai. En attendant, nous avons un mystère à éclaircir.

La jeune fille lui adressa un clin d'œil, puis elle attrapa son sac et fila dans un coin d'ombre. Elle revint quelques minutes plus tard, équipée de pied en cap. Aiden s'efforça à ne pas trop penser à ce qu'elle cachait en dessous de son pantalon et de son manteau.

— Fichu corset, grommela Grace, répondant ainsi à sa question muette.

Une explosion coupa là le trouble d'Aiden. Il tressaillit et se tourna. Des lumières colorées éclataient dans le ciel, des rosaces qui dansèrent un moment, avant de se répandre en myriades d'étincelles. Des fées et des elfes apparurent, puis s'effacèrent, tranchés par des lames de lumière. Un dragon rugit et déploya ses ailes. Il cracha un feu invisible qui arracha un sursaut à Aiden. Des chevaliers en armure chatoyante montèrent à l'assaut dans le ciel et terrassèrent le reptile, qui ruissela à son tour en poussière dorée. Celle-ci voleta et forma le visage de la Reine Victoria.

— Bon, j'aurai au moins vu le feu d'artifice, commenta Grace.

Aiden restait figé par cette débauche de magie, visant à commémorer la victoire des humains sur les créatures féériques qui les avaient envahis lors de la Jonction. Il se frotta les yeux.

Des cris venus du jardinet lui firent tourner la tête. Les deux jeunes gens se retranchèrent dans un coin d'ombre, à temps pour apercevoir une troupe de trois critters applaudir au spectacle des lumières dans le ciel. Puis le gnome qui semblait mener ses camarades récupéra les anses d'un lourd sac posé sur la pelouse. Lui et les deux lutins qui l'assistaient le trimballèrent un moment dans la rue. Voyant que personne ne les suivait, ils l'abandonnèrent dans la haie d'un petit jardin. Entre-temps, un autre groupe était sorti, celui-là se composait de cinq critters, qui portaient chacun un sac. La pluie avait gagné en intensité et annonçait une averse d'orage estivale. Un éclair déchira le ciel, accompagné d'un grondement menaçant. Grace prit la main d'Aiden et la serra. On y était. Le cœur du garçon battait à tout rompre alors que les bestioles extirpaient leur butin de la maison. Une fée voleta aux alentours, scrutant les environs. Aiden et Grace se figèrent. Le chasseur espéra que le don d'invisibilité de la jeune fille s'appliquait aussi à lui. Mais le regard de la créature balaya leur position sans s'y arrêter. La troupe de critters se mit en marche. Ils avaient réussi la première étape de leur plan.

Les voleurs s'engagèrent dans les rues avec leur trophée. Cette fois, pas de doute, ils se dirigeaient bien vers une bouche d'égout. Aiden et Grace les suivirent à distance, s'efforçant de faire le moins de bruit possible pour ne pas être repérés. La pluie tombait dru maintenant, des rigoles coulaient déjà dans les caniveaux. Elle dissimulait les deux humains aux yeux des critters, Aiden appréhendait pourtant ce qui allait venir.

Les créatures bataillèrent un moment contre l'eau qui gênait leur progression. Ils tentèrent le passage dans plusieurs bouches avant d'en trouver une assez large pour y descendre leur butin. Aiden savait qu'une entrée se situait plus loin, il avait étudié les plans du quartier et attrapa Grace par le bras pour l'entraîner dans cette direction. Ils décrivirent un détour pour éviter la position de leur cible et atteignirent l'entrée. Aiden la déverrouilla et alluma sa lampe.

— Je vais passer d'abord, et…

Grace l'interrompit, poussant un cri. Quelque chose voletait autour de sa tête.

— Elaine ! s'exclama la jeune fille.

La fée se posa sur son épaule et s'accrocha à elle. Elle était trempée comme une soupe.

— Je croyais que tu l'avais laissée chez toi.

— Moi aussi ! Je ne voulais pas courir le risque de l'amener à la fête ou ici !

Elaine en avait décidé autrement, car elle s'agrippa à Grace et foudroya le garçon du regard. Celui-ci haussa les épaules.

— Bon, mais qu'elle ne fasse pas trop de lumière. Pas envie d'être repéré.

Il jeta un coup d'œil vers les profondeurs.

— Fais attention là-dessous.

— Toujours, répondit Grace avec un sourire bravache.

Aiden la prit par les épaules.

— À la moindre alerte, on remonte, d'accord ?

Elle hésita, puis hocha la tête. Aiden s'engagea dans l'échelle et atterrit les pieds dans l'eau. Il sortit de son paquetage une vieille lanterne qu'il avait rachetée à Ashley King pour une bouchée de pain. Il dut batailler pendant plusieurs minutes pour arriver à en tirer un faisceau tremblotant. Ça ne valait pas son ancienne lampe, mais ça devrait faire l'affaire.

Grace sur ses talons, il suivit les critters. Il les vit tourner à un angle, leur lumière disparaissant. Les deux jeunes gens les filèrent.

Les créatures s'enfoncèrent dans les passages, pataugeant dans l'eau. La nervosité du garçon augmentait de minute en minute. Le niveau montait beaucoup trop vite. Tandis que les critters atteignaient une jonction, un grondement retentit. Aiden et Grace se figèrent.

— Qu'est-ce que c'est? souffla Grace.

— Oh non…, gémit Aiden.

Il tourna les talons et attrapa Grace.

— Il faut sortir, vite!

Il n'eut pas le temps d'aller plus loin. Une vague surgit du détour du passage et les frappa. Grace lâcha un cri qui se transforma en gargouillis alors que l'eau la balayait. Aiden plongea à sa suite et parvint à agripper sa main. Une eau sale et poisseuse entra dans sa bouche. Il sortit la tête de l'eau et cracha. Le flot les entraînait. De sa main restée libre, il tenta de s'accrocher à quelque chose. Il glissa sur la pierre. Aiden se débattit contre le courant. Ses doigts se refermèrent sur un montant métallique. Une échelle. Au prix d'un effort surhumain, Aiden tira Grace à lui. La jeune fille parvint à attraper un barreau.

— Monte ! lui hurla Aiden.

— Non, pas sans toi !

— Monte, c'est notre seule chance !

Il la poussa et la soutint pour qu'elle arrive à s'extraire de l'eau. Elaine tira sur son col, dans l'espoir de l'aider, peut-être. La jeune fille était trempée et tremblait. Elle s'accrocha quand même de toutes ses forces jusqu'à atteindre la trappe.

— Aiden ! C'est coincé ! s'écria-t-elle.

Le garçon parvint à piocher sa clé autour de son cou et la donna à Grace. Celle-ci se pencha et attrapa le collier. D'un mouvement nerveux, elle déverrouilla la trappe et la poussa. Rien ne bougea. Grace rugit de rage et de frustration et recommença. Cette fois, l'accès vers l'extérieur s'ouvrit. Grace pivota et tendit la main vers Aiden. Mais au moment où ils allaient se toucher, le bras d'Aiden lâcha. Le torrent l'emporta.

— Aiden !

Le flot avala le hurlement de Grace. Aiden se retrouva ballotté de toutes parts, tous ses repères perdus. Il lutta contre la force de l'eau pour éviter de se noyer. Ses doigts accrochèrent quelque chose. L'entrée d'un autre conduit. Aiden tenta de se hisser hors du flot, mais le courant était trop puissant. Il fut à nouveau repoussé. Cette fois, il réussit à ne pas plonger la tête dans l'eau. Un nouveau carrefour se profilait, Aiden s'orienta de manière à pouvoir attraper la paroi de ce conduit qui s'offrait à lui. Il y parvint un peu trop bien. Le choc le projeta contre la pierre.

Sonné, Aiden eut le réflexe de s'accrocher de toutes ses forces et de grimper dans ce carrefour épargné par l'inondation. Après plusieurs tentatives, il ralluma sa lampe. Son front lui faisait mal, il y porta la main et la retira poisseuse de sang. Bon. Avec de la chance, il ne s'agissait que d'une éraflure.

— Grace ! Grace ! appela le garçon.

Pas de réponse.

— Grace ! Elaine !

Rien du tout. Aiden se rassit dans le conduit. Il n'y avait plus qu'à espérer qu'elles aient pu sortir. Il fallait attendre que la crue soit passée s'il voulait bouger.

L'eau continua de couler pendant de longues minutes durant lesquelles Aiden rongea son frein. Il n'y avait pas grand-chose d'autre à faire que de patienter : il s'était déjà retrouvé piégé par ces brusques crues avec son oncle. Il lui avait expliqué que l'eau de pluie ruisselait dans les égouts, avant d'être acheminée vers l'estuaire de la Tamise à l'est. Aiden était mort d'inquiétude. Pourvu que Grace ait pu sortir ! Il ne se le pardonnerait pas s'il lui était arrivé quoi que ce soit.

L'eau commença à décroître. Le garçon attendit encore puis jugea qu'il pouvait se risquer hors de sa cachette et revenir dans le conduit principal. Malgré tout, il avait de l'eau jusqu'aux genoux.

— Grace ? appela-t-il

Un faible écho lui répondit plus bas dans le tunnel. Aiden se dirigea vers le son. Il s'arrêta net en apercevant une lueur bleutée qui émanait d'un coude. Il éteignit sa lumière, de toute manière mourante. Quatre critters – un gnome, deux *brownies* et un pixie – se trouvaient là, accrochés dans un recoin de la brique. Le gnome étreignait le mur de toutes ses forces, tandis que les trois autres l'agrippaient à lui. L'un des *brownies* lâcha quelques mots, et se laissa tomber dans l'eau, commençant à nager jusqu'à des débris plus loin. Il se hissa sur une planche, qui tangua sous son poids, mais ne coula pas. La créature émit un piaillement triomphal et fit signe aux autres de le rejoindre. Ils obéirent, le gnome trouva des détritus qui leur servirent de rames. Les quatre échangèrent alors quelques paroles rapides, où perçait de l'inquiétude. Ils regardèrent aux alentours. Le pixie pointa le fond d'un passage. Ses compagnons hochèrent la tête et le suivirent.

Aiden resta paralysé quelques secondes, incapable de savoir quoi faire. Devait-il tenter de retrouver Grace ? Ou bien suivre les critters ? Il réfléchit. Si Grace avait lâché, elle aurait atterri au même endroit que lui, comme le gnome et ses camarades. Elle avait probablement réussi à sortir. Le chasseur partit à la suite des critters.

Ils naviguèrent le long des souterrains, sans cesser de discuter à mi-voix. Aiden les filait à une distance respectable. L'eau restait haute par moments. Il progressa lentement pour ne pas faire de bruits ou de vagues.

Peu à peu, Aiden nota que la chaleur dans les couloirs augmentait. Il se mit à transpirer à grosses gouttes sous son paletot. Alors qu'un nouveau passage se dévoilait à lui, une chaude lumière irradia. Le gnome et ses camarades poussèrent des cris de joie. Aiden se figea. Cette lueur dorée… Il y était ! Il s'avança avec précaution.

Les critters étaient là, assemblés dans une jonction, comme ils en avaient l'habitude. Celle-ci était grande et le halo doré qui scintillait sur les arches donnait à l'endroit des airs de cathédrale. Le groupe renforçait encore cette impression de majesté, car il dépassait tout ce qu'Aiden avait pu voir. Il y avait des centaines et des centaines de critters, perchés sur des embarcations de fortune, visiblement construites avec des restes trouvés dans les égouts. Plusieurs barques d'une taille plus imposante étaient disposées en cercle autour de la caverne. Au centre, se tenait une forme recroquevillée, dormant sur un tas d'or et de bijoux.

Non. Impossible. Ils avaient disparu. Lord Blackcliff avait abattu les deux derniers.

Et pourtant, un dragon était allongé au sommet du monticule. Devant les yeux ébahis d'Aiden, il ouvrit une paupière ensommeillée et s'étira, ébrouant ses ailes. Le garçon restait subjugué, incapable du moindre mouvement. Il remarqua distraitement que les critters observaient le reptile avec un mélange d'admiration et d'adoration. Comment de toute manière détourner son regard de l'agréable lumière dorée qu'il émettait ?

D'un coup pour Aiden tout fit sens : l'été étonnamment chaud, puis l'hiver rigoureux, le printemps et ses giboulées insensées. Aiden avait entendu ceux qui avaient vécu la Jonction dire que la météo avait été chaotique, et on racontait que les grandes créatures féériques avaient le pouvoir d'influencer le climat. Il comprenait aussi la raison des vols des critters : ils constituaient un trésor pour le dragon. Celui-ci en retour les avait protégés, leur apprenant sûrement à poser des pièges, à mieux s'organiser. Il leur avait donné l'ancrage qui leur manquait, leur offrant un but autre que la survie au jour le jour.

Comme s'il avait perçu sa présence et ses pensées, le reptile pivota la tête d'un coup sec vers Aiden. Les critters laissèrent échapper des sifflements de peur et de colère. Quelques pixies, lutins et gnomes, armés de lames, avancèrent en direction du garçon. Il savait qu'il aurait dû fuir ou se préparer à combattre. Ses jambes refusaient de lui obéir. Il demeurait figé, incapable de détacher ses yeux du dragon. Celui-ci gronda une parole gutturale. Les critters s'arrêtèrent, mais ne se détendirent pas pour autant. Le reptile se redressa et s'ébroua. Aiden put apprécier sa taille, celle d'un grand chien. Il remarqua que les écailles dorées paraissaient tendres à certains endroits et que les ailes étaient petites par rapport au reste du corps. Il eut la certitude de se trouver face à un jeune dragon.

Cela ne changeait rien à sa dangerosité. Il se rappela ce qu'il avait pu lire sur les créatures féériques, celles que les humains avaient rencontrées lors de la Jonction. Les elfes avaient tenté d'assassiner la Reine Victoria. Les fées avaient volé des enfants. Les dragons, heureusement au nombre de deux, avaient vitrifié une partie de l'East End avant que les magiciens impériaux ne les abattent. Il avait de ses propres yeux vu ces marques, ces maisons brûlées, ces pierres fondues. Ces créatures ne connaissaient que la violence et le chaos. Son devoir était de l'éliminer.

La main d'Aiden glissa vers le couteau à sa ceinture. Ses doigts se refermèrent autour du manche. Il n'alla pas plus loin. Les livres mentaient pour les critters, qu'en était-il des dragons ?

Le reptile le regarda, puis exhala un grondement sourd, qui se mua en soupir. Il se dressa sur ses pattes arrière. Il y eut un craquement d'os et sa forme changea pour s'allonger et se tordre. Les critters lâchèrent des cris enthousiastes. Le concert de piaillements résonna aux oreilles d'Aiden, qui n'en tint pas compte. Toute son attention restait rivée sur le sommet du tas d'or, où se tenait désormais un jeune garçon.

Il paraissait avoir l'âge d'Aiden et affichait une silhouette fine, presque frêle. Il examina le chasseur, penchant la tête sur le côté, avant de descendre de son tas d'or. Il plongea dans l'eau fétide jusqu'aux genoux, mais ne parut pas s'en rendre compte. Son regard était fixé sur Aiden. Celui-ci savait qu'il aurait dû fuir et ressortir de ce labyrinthe souterrain au plus vite. Il n'y parvenait pas, hypnotisé par la grâce féline du dragon. Celui-ci dégageait maintenant une impression de force tranquille et Aiden comprit que cette minceur n'avait de la fragilité que l'apparence.

Le dragon s'arrêta devant lui et Aiden admira sa peau dorée et ses yeux couleur ambre. De fines écailles ornaient le coin de ses yeux et ses épaules, mais la peau de sa poitrine et de sa gorge restait tendre. Aiden aurait pu y plonger une lame. Aurait dû.

Il tendit à la place une main tremblante et vierge de toute arme, pour effleurer la joue du reptile du bout des doigts. La peau était plus lisse et chaude que ce à quoi il s'attendait. Le dragon parut surpris et fixa Aiden de ses pupilles félines. Il tendit la main à son tour. Sa paume se posa sur la joue du chasseur. Il goûta ce contact, à la fois timide et intense, et la sensation de puissance contenue qui émanait du dragon. Celui-ci sourit, une expression chaleureuse et curieusement enfantine, et lâcha quelque chose qui sonna comme une exclamation ravie. Et sans crier gare, il attaqua Aiden.

Ses doigts s'étirèrent pour former de longues serres qui lacérèrent la poitrine du garçon. Choqué, Aiden regarda son manteau déchiré se teinter de sang. Il voulut hurler et ne parvint qu'à gémir. La douleur lui coupa les jambes. Il tomba à genoux. Sa vision se brouilla, les cris des critters lui apparurent comme déformés et lointains. Il lui sembla entendre la voix de Grace venue comme du fond d'un puits. Le dragon l'observait avec un sourire, une lueur dansant dans ses yeux. C'est cette image qu'Aiden emporta quand il glissa dans les ténèbres.

Aiden flottait dans l'ombre et glissait peu à peu dans une eau noire. Il était cotonneux, presque bien. Un pic de douleur le fit remonter. Il entendit une voix. Non, il ne voulait pas revenir dans cette réalité empreinte de souffrance.

— … den.

Le son lui frappa les oreilles.

— Aiden !

Il sentit qu'on le secouait. Il ouvrit péniblement les paupières. Une lueur d'un bleu argenté déchira les ombres. Une fée voleta autour de lui. Aiden reconnut le visage soucieux d'Elaine penché sur lui. Si Elaine était là, sa maîtresse ne se trouvait pas loin.

— Grace ? articula Aiden à grand-peine.

— Oui, c'est moi. Tu peux remercier Elaine qui m'a guidée jusqu'à toi. Et… Oh mon Dieu, Aiden, tu saignes !

— Toi aussi, tu as du sang sur toi, marmonna Aiden.

Une balafre marquait en effet la joue droite de Grace.

— Ce n'est rien. Je me suis écorchée en tombant. Mais, oh non, Aiden, tu es blessé !

Des notes de panique teintaient la voix de la jeune fille. Elaine se posa sur son épaule, l'air soucieux.

— Je… Je vais bien…, tenta de les rassurer Aiden.

— Et moi je suis la fille cachée de Victoria ! rétorqua Grace.

La remarque lui arracha un rire nerveux, qui se mua en une quinte de toux.

— Oh non, non, non, non ! gémit Grace.

Elle respira plusieurs fois profondément pour se calmer.

— Il faut que je te sorte de là. Elaine, guide-nous s'il te plaît.

La fée opina d'un air résolu et prit son envol. Grace passa un bras sous l'épaule d'Aiden et le souleva. Les jambes du garçon le portaient à peine. Elle chancela sous le poids, mais ne renonça pas pour autant. Avec un grognement d'effort, elle commença à avancer, traînant presque Aiden derrière elle.

— Heureusement que tu es maigrichon, déclara Grace. Ça aurait été beaucoup plus compliqué si tu avais été rondouillard.

Il lâcha un rire sec, qu'il regretta aussitôt tant il avait mal. Cahin-caha, ils progressèrent. Le garçon tenta de l'aider au mieux, mais la douleur l'emprisonna et bientôt, il n'eut plus conscience de l'endroit où il se trouvait. À nouveau, il flotta dans les ténèbres. Quelque chose de froid sur ses mains le fit revenir à lui. Grace essayait de lui faire attraper le barreau d'une échelle.

— Allez, s'il te plaît, sanglotait-elle.

Aiden mobilisa ses forces et parvint à grimper, soutenu par Grace. Dehors, il pleuvait toujours. L'eau froide sur son visage le réveilla durant quelques secondes. Il tituba hors du passage, avant que son corps épuisé ne le lâche. Il s'effondra sur le sol. Grace et Elaine accoururent.

— Va chercher de l'aide !

La fée partit en voletant et Aiden replongea dans les ténèbres. On le réanima en lui tapotant les joues. Il décolla péniblement les paupières. Grace était penchée au-dessus de lui, accompagnée par six critters.

— Elaine, Morgane, attrapez-le par les épaules, commanda la jeune fille.

Deux fées l'agrippèrent à l'endroit indiqué.

— Gauvain, Lancelot, Arthur et Percival, les jambes.

Aiden sentit qu'on le poussait, tandis que Grace le saisissait pour le soutenir. Il regarda en bas. Deux gnomes, un lutin et un pixie s'efforçaient de le faire avancer. Un rire nerveux le secoua, déclenchant une nouvelle douleur dans sa poitrine.

— C'est une plaisanterie ? parvint-il à articuler dans un souffle rauque.

— Crois-moi, j'aurais préféré. Tiens le coup, Aiden, je te ramène chez Doreen.

Le reste du trajet se déroula dans un brouillard plus épais que le pire des fogs[7] londoniens. Aiden reprit vaguement conscience quand il entendit l'exclamation horrifiée de Doreen alors qu'elle les découvrait à la porte de la pension.

— Bon sang, Aiden ! Mais qu'est-ce qui s'est passé ? C'est Alfie qui t'a fait ça ?

Aiden essaya d'articuler quelques mots, de lui parler de la lumière dans les souterrains et du dragon, en vain. Il perçut les voix de Grace et de Doreen, mais qui lui paraissaient provenir de très loin.

— Je vais chercher le docteur, trancha Doreen.

Aiden sentit ensuite qu'on l'allongeait dans un lit. Quelqu'un vint l'examiner, on parla à mi-voix d'un ton soucieux. De toute manière, Aiden n'était pas en état de comprendre les paroles. Tout ce qu'il voyait,

7. *Fog* : brouillard londonien, en partie dû à la pollution, réputé très épais.

c'était la lumière dorée et les yeux du dragon posés sur lui. Tout ce dont il avait conscience, c'était la main de Grace qui pressait la sienne.

Il dormit ce qui lui parut une éternité. Quand il ouvrit enfin les yeux, le soleil était levé et inondait une chambre qu'il ne connaissait pas. Sa poitrine lui faisait un mal de chien. Il voulut appeler Grace ou Doreen, seul un croassement rauque sortit de sa bouche.

— Reste calme, petit, lui intima Doreen. T'as bien failli y passer, et le docteur dit que t'es pas encore hors de danger.

— Soif, articula Aiden.

Doreen lui apporta un verre et l'aida à boire. Aiden se sentit mieux après ça. Il détailla la pièce où il se trouvait : une chambre simple, meublée du lit et d'une armoire.

— Ma chambre, répondit Doreen à la question muette. J'avais pas envie de me taper les escaliers chaque jour.

La remarque suscita une interrogation d'Aiden.

— Je dors… depuis combien de temps ?

— Trois jours.

Une autre pensée frappa Aiden.

— Grace !

Doreen secoua la tête d'un air navré.

— Je suis désolée. Son père l'a emmenée.

Chapitre 11

La marque

Le temps qu'Aiden récupère assez de forces pour pouvoir sortir du lit, l'été s'était bien installé et le soleil assommait Londres. Malgré tout, ce beau temps n'avait rien à voir avec la chaleur de plomb de l'année précédente. En son for intérieur, Aiden savait que le dragon était parti. Pas besoin de descendre dans les tunnels pour le vérifier.

Grace ne reparut pas non plus. Dès qu'il fut rétabli, Aiden se rendit chez elle et attendit près de la porte. Elle ne se montra pas et il ne l'aperçut pas à la fenêtre. Au bout de trois jours à guetter son apparition, il se décida à sonner à l'office des domestiques. Nanny vint lui ouvrir.

— Vous ne devriez pas être là, Aiden Jones ! siffla-t-elle. Filez et ne revenez plus.

— S'il vous plaît, insista le garçon. Je souhaiterais la voir, juste une minute.

— Hors de question ! décréta la nanny. Elle a déjà assez souffert par votre faute.

Aiden se décomposa à ces mots. Il osa prendre les mains de la gouvernante.

— Que lui est-il arrivé ? Son père ? Par pitié, dites-moi qu'elle va bien !

— Bien ? Oh je refuse de vous mentir, Mr Jones ! Lord Fairchild l'a sévèrement punie. Il ne décolère pas contre elle, et son avenir reste incertain, et tout ça, c'est à cause de vous.

Honteux, Aiden recula d'un pas.

— Je… Je suis désolé… Je ne voulais pas… Je n'ai jamais voulu.

Il ne se pardonnerait jamais ce qui était arrivé à son amie. La nanny l'étudia un instant, puis son strict visage s'adoucit.

— Allez, je me montre dure. Ce n'est pas entièrement de votre faute. Vous et moi savons que lorsque cette petite a quelque chose en tête, il est très difficile de lui faire entendre raison.

Les deux échangèrent un sourire complice. La gouvernante soupira.

— Toujours est-il qu'elle est dans une situation difficile et votre venue ne fait que la mettre en danger. Vous avez de la chance, Lord Fairchild est absent actuellement, mais je n'ose imaginer ce qu'il vous ferait à tous les deux s'il vous trouvait ici.

Malgré lui, Aiden frissonna.

— Je veux aider Grace, murmura-t-il.

— Alors, allez-vous-en, trancha la nanny. Si vous l'aimez vraiment, laissez-la.

— Je refuse de l'abandonner ! s'entêta Aiden.

Elle l'observa.

— Vous êtes un ami fidèle, Mr Jones. C'est tout à votre honneur. Ne vous inquiétez pas, je veille sur Grace, comme je le fais depuis des années. Je la protégerai dans la mesure de mes moyens.

Aiden croisa le regard de la gouvernante et eut l'intuition qu'elle était au courant des escapades de Grace et qu'elle avait couvert la jeune fille.

— Vous devez partir, vous ne lui ferez aucun bien en restant.

Cette pensée déchirait Aiden. Il sentait néanmoins qu'elle avait raison.

— Pouvez-vous… Pouvez-vous lui transmettre un message de ma part ?

— Bien sûr, murmura la femme.

Elle appela une servante, qui lui ramena un papier et un crayon. Il traça quelques mots de son écriture malhabile. « Je ne t'oublierai jamais. Tu es la personne la plus formidable que je connaisse. Ne renonce pas. » Il tendit le pli à la nanny, la salua et tourna les talons. La mort dans l'âme, il repartit à la pension.

La blessure que le dragon lui avait laissée à la poitrine s'était infectée et avait formé une vilaine boursouflure. L'infection avait failli le tuer, d'après le docteur, et il risquait des rechutes. Ce fut le cas. Aiden dut plusieurs fois garder le lit pour reprendre des forces suite à un accès de faiblesse. À la question de l'argent et du loyer qui occupaient l'esprit d'Aiden, Doreen répondit :

— T'inquiète, gamin, c'est pas ce que tu manges qui me coûte cher.

La nourriture, non, Aiden picorait comme à l'ordinaire.

— Ça, d'accord, mais les médicaments ? argua-t-il. Ne me faites pas croire que vous les avez gratuitement. À moins que ce soit Lily et Rose qui vous les apportent !

Doreen afficha un petit sourire à la répartie, qui se transforma rapidement en une expression triste.

— J'ai déjà enterré l'oncle, je ne pouvais pas rajouter le neveu, lâcha-t-elle.

Et d'un regard sombre, elle lui signifia que cette

conversation était close. Aiden eut beau revenir à la charge et insister, Doreen ne voulut rien entendre concernant un paiement. Aussi prit-il l'habitude de l'aider avec la pension. D'abord avec le ménage et la cuisine, puis avec l'entretien et la réparation. Un après-midi d'automne alors qu'il profitait d'un dernier rayon de soleil pour retaper un volet, quelque chose bourdonna à son oreille. Il tourna la tête. Une fée le percuta pour venir se frotter contre lui en pépiant joyeusement. Aiden reconnut cette tignasse rousse

— Elaine ! s'exclama-t-il.

Si la fée se trouvait là, alors ça voulait dire que… Aiden se retourna et manqua de tomber de son escabeau. Grace était là, traînant l'ourlet de ses jolies robes dans la boue de la cour, le visage ombragé par un large chapeau.

— Bonjour, le salua-t-elle.

Aiden descendit en catastrophe de son perchoir et accourut vers elle, mais n'osa pas la serrer contre lui. Elle n'eut pas cette gêne et se jeta presque dans ses bras. Désarçonné, Aiden mit quelques secondes à réagir puis posa les mains sur ses épaules. Ils restèrent là un moment, avant que Grace ne recule pour contempler Aiden.

— Tu m'as tellement manqué, chuchota-t-elle.

— À moi aussi, murmura le garçon.

Grace avait maigri. Ses traits étaient creusés et des cernes marquaient ses yeux. Une fine cicatrice barrait sa joue droite. Elle sourit à Aiden, tandis qu'Elaine revenait se poser sur son épaule.

— J'ai cru que je ne te reverrai jamais, souffla Aiden.

— Et moi donc, confessa la jeune fille. Mais j'ai réussi à esquiver la surveillance de mon père. Oh, je le paierai sans doute plus tard.

Son ton était devenu amer et Aiden se rappela les paroles de la gouvernante.

— Oh, Grace, qu'est-ce qu'il t'a fait ?

Elle frissonna et ne répondit pas, puis fixa Aiden, les yeux brillants de larmes.

— Je suis venue te dire au revoir.

Cette phrase poignarda Aiden.

— Non.

Grace lui prit les mains.

— Aiden, mon père m'envoie aux Indes. Je pars demain. Il n'y a plus de retour en arrière.

Les pleurs faisaient étinceler ses yeux. Aiden sentit les larmes piquer les siens. Il secoua la tête.

— Non, répéta-t-il.

Comme si ce simple mot allait changer quelque chose ! Grace lui sourit avec tristesse.

— C'est ma faute, dit-il. C'est moi qui t'ai entraînée là-dedans !

— Aiden Jones, je suis assez grande pour prendre mes propres décisions et réaliser quand c'est moi qui suis responsable de ma situation ! gronda Grace.

L'espace d'un instant, il retrouva la jeune fille fougueuse qui l'avait abordé. Puis son regard se voila de nouveau.

— C'est moi qui t'ai demandé de m'apprendre ce que tu savais sur les critters. C'est moi qui ai fait le mur. C'est moi qui ai filé d'une réception où mon père espérait me présenter mon futur promis.

Elle marqua une pause. Aiden attendit qu'elle soit prête à parler.

— La veille du bal, mon père m'a convoquée dans mon bureau. Il m'a révélé qu'il savait pour mes escapades. Ma sœur Elizabeth lui a tout raconté. J'aurais dû lui donner la robe verte qu'elle exigeait.

Un sourire amer tordit la bouche de Grace, puis elle reprit :

— Toujours est-il qu'il m'a interdit de recommencer et m'a déclaré que dorénavant, il m'aurait à l'œil, et qu'il était grand temps de me trouver un fiancé. J'ai compris que l'époque de nos études était finie.

À nouveau, elle s'interrompit et essuya ses larmes d'un revers de main.

— Je voulais à tout prix découvrir ce qu'il y avait dans les souterrains avant de devoir arrêter.

L'estomac d'Aiden se serra à ces mots. Voilà pourquoi elle avait tant insisté pour venir le soir du bal. Grace le fixa intensément.

— Tu sais ce que c'était, n'est-ce pas ? Cette lumière dorée ?

Aiden acquiesça et entreprit de lui raconter. Les yeux de Grace brillèrent de plus en plus au fur et à mesure qu'il lui expliquait.

— Un dragon..., s'extasia-t-elle quand il eut fini.

— Le dernier de sa race.

— Tu crois qu'il est parti ?

— J'en suis persuadé.

— Pour aller où à ton avis ?

— Ça, je l'ignore, avoua-t-il.

Grace regarda autour d'elle, une expression rêveuse.

— J'aurais aimé pouvoir m'enfuir avec lui. Loin de ce destin dont je ne veux pas...

— Grace... Je suis tellement désolé, murmura Aiden.

— Oh, ne le sois pas. Comme je te l'ai dit, ce sont mes propres décisions et je dois en assumer les conséquences. Et puis, au moins comme ça, mon père a dû repousser pour l'instant l'idée du mariage.

Elle fixa Aiden et une étincelle de malice alluma ses prunelles.

— Il s'avère que j'échappe de peu au déshonneur, et que mon père m'envoie au vert quelque temps afin que le scandale se tasse et qu'on oublie ce regrettable incident. Je pense avoir gagné un an. Peut-être deux.

— Viens avec moi !

Les mots étaient sortis tout seuls.

— Viens avec moi, répéta Aiden plus fermement. On partira ensemble, on achètera un billet pour New York et…

Grace l'arrêta d'un doigt pressé sur ses lèvres.

— Non. Je ne peux pas. Mon père se lancerait à notre poursuite et il dispose de plus de moyens que nous.

Elle tourna la tête et fixa un recoin de la cour.

— Si je désobéis, il se vengera sur ceux que j'aime. Nanny, toi, peut-être même mon frère et ma sœur.

Les derniers rayons du soleil tombaient sur son visage. La marque sur sa joue droite, pâle cicatrice, parut étinceler.

— De toute façon, j'aurai de quoi m'occuper aux Indes. Tu savais qu'ils ont leurs propres espèces de créatures féériques ? Elaine et les autres me l'ont affirmé.

La petite fée approuva d'un hochement de tête et

lâcha quelques mots. Grace émit un rire léger.

— Oui, tu as raison. Je pense qu'on peut lui montrer.

Elle fit un geste de la main. Quelque chose bougea au fond de la cour. Aiden repéra une troupe d'une dizaine de critters. Il aurait juré que quelques secondes auparavant, il n'y avait rien. Il fixa Grace.

— C'est toi qui as fait ça ?

— En partie. Disons que j'arrive à combiner mes talents avec ceux de mes compagnons. Tout ce petit monde vit au nez et à la barbe de mon père depuis bientôt un mois.

Cela donna le vertige à Aiden. Il contempla son amie. Elle avait l'air résignée et fatiguée, certes, mais à bien y regarder, la flamme de la défiance continuait à briller au fond de ses yeux.

— Oh, Grace Fairchild, les Indes n'ont pas idée de la tornade qu'ils s'apprêtent à accueillir.

Elle éclata d'un rire franc, mais essuya quelques larmes au coin de ses yeux.

— Je sais.

Elle lui prit de nouveau les mains.

— Ne renonce pas, Aiden. Tu mérites d'entrer au Collegium et de devenir un grand magicien. Et peut-être ta route recroisera-t-elle celle de ce dragon…

Le garçon s'efforça de ne pas laisser la tristesse

et l'amertume qu'il ressentait se lire sur son visage. Entrer au Collegium ? Ce rêve s'était brisé dans les souterrains… Quant au dragon, vu le souvenir qu'il lui avait laissé, Aiden n'était pas sûr de vouloir le rencontrer à nouveau. Malgré tout, il sourit pour ne pas décevoir Grace.

— J'essayerai. Mais toi, tu dois me promettre de revenir.

— Bien évidemment. Tu ne te débarrasseras pas de moi aussi facilement.

Elle se pencha et déposa un rapide baiser sur la joue d'Aiden.

— Au revoir, souffla-t-elle.

Puis elle tourna les talons et s'en fut, sa troupe de critters à sa suite.

— Je t'écrirai, Aiden Jones. Et tu me donneras de tes nouvelles. Ce n'est pas un adieu. Juste un au revoir.

La neige avait recouvert Londres. Bientôt, la saleté reprendrait ses droits et les activités de la ville souilleraient ce blanc manteau. Pour l'heure, Aiden goûtait ces quelques heures immaculées. Il était resté l'après-midi à la pension, aidant Doreen et appréciant la chaleur du feu alors que dehors la tempête faisait rage.

Elle s'était heureusement terminée et il pouvait maintenant profiter de sa ville. De plus, après un automne passé à se reposer, il avait envie de sortir et d'aller au *pub*, pour voir d'autres personnes que Doreen.

La neige crissait sous les bottes d'Aiden. Un cri venu des hauteurs attira son attention. Une fée et un pixie se chamaillaient dans une gouttière. Aiden capta des bribes de conversations, il était question d'un quignon de pain échappé dans les égouts. La remarque arracha un sourire à Aiden et lui rappela la lettre de Grace. Il posa la main sur sa poitrine, sur la poche de sa veste où se nichait la missive.

Avoir des nouvelles de son amie l'emplissait de joie. Elle avait connu un voyage mouvementé, avait mis un moment à trouver comment envoyer un courrier sans qu'il soit intercepté, mais elle allait bien. Elaine et les autres s'adaptaient à la vie aux Indes et Grace avait déjà repéré quelques espèces locales de fééeriques, qu'elle ne désespérait pas de pouvoir apprivoiser.

Aiden était rassuré de sentir de l'enthousiasme dans sa lettre. Il aurait aimé avoir de bonnes nouvelles à communiquer à la jeune fille. Certes, sa santé s'était améliorée, il était presque complètement remis. Ses cicatrices étaient hideuses et le lançaient encore beaucoup, mais au moins, il était en vie. Pour le reste…

Le garçon avait revendu son matériel de chasse et utilisé l'argent pour rembourser Doreen, malgré ses protestations. Il n'était pas retourné chasser, il en était incapable désormais. Pas après sa rencontre avec le dragon. Pas depuis qu'il apprenait le langage des critters et s'émerveillait chaque jour de la richesse de ces petits êtres.

Il attendait le printemps, et il chercherait un emploi. Peut-être dans les boutiques d'Oxford Street. Ou carrément dans une autre ville. Doreen avait quelques cousins à Manchester, qui pouvaient lui trouver du travail. Ou alors, il pourrait tenter les Amériques. Depuis le temps que l'idée lui trottait dans la tête.

Perdu dans ses pensées, Aiden tourna à un croisement et manqua de percuter un groupe qui arrivait en sens inverse. Il se figea en reconnaissant les nouveaux venus. Crazy Alfie avait toujours l'air aussi halluciné qu'à l'ordinaire, et ses deux sbires ne valaient pas mieux. Aiden voulut fuir, l'autre se montra plus rapide et l'attrapa par le col de son manteau.

— Tiens donc ! Mais c'est Sneaky Aiden ! J'te croyais mort depuis le temps qu'on t'a pas vu !

Ses sbires ricanèrent à ces mots.

— Et sa copine est pas avec lui, nota Jake.

— Ouais, c'est vrai, renchérit John.

Alfie afficha un sourire horrible. Un couteau apparut entre ses mains. La peur submergea Aiden, il se débattit. Alfie appliqua la lame sur sa gorge.

— Dommage que cette peste ne soit pas là… Tant pis, je devrai me contenter de toi.

D'un coup, la terreur disparut, remplacée par une colère sourde. Celle-ci enfla comme une vague. Une brûlure naquit dans son ventre, les cicatrices de son torse lui parurent s'enflammer.

— Dans tes rêves ! gronda Aiden.

Il posa la main sur le bras d'Alfie. Une force invisible repoussa la brute en arrière et l'envoya voler dans la neige. Celui-ci se releva, interdit, tandis qu'Aiden contemplait ses paumes. Un feu doré les drapait. John et Jake restaient bouche bée. Ce dernier sortit de sa léthargie et chargea Aiden. Il leva la main et son agresseur fut à son tour rejeté.

Alfie, qui n'avait pas compris la leçon, repartit à l'attaque en hurlant. D'ordinaire, il était rapide. Il parut aujourd'hui d'une lenteur désespérante à Aiden. Le garçon l'esquiva d'un pas de côté, comme s'il évitait l'assaut d'un taureau fou et, d'une pichenette magique, il l'envoya voler quelques pieds plus loin. John et Jake accoururent vers leur chef. Aiden effectua un mouvement de la main. Le pouvoir rugit et un globe doré se matérialisa autour des trois rustres et les fit léviter au-dessus du sol.

Aiden les tenait à sa merci. Il pouvait leur infliger ce qu'il voulait, ils ne pourraient pas se défendre. Enfin, il avait le pouvoir. Enfin, il avait une opportunité de se venger pour tout ce qu'ils lui avaient fait subir.

Il fixa Alfie. Une grimace, mélange de peur et de colère, retroussait ses lèvres. Ses petits yeux étaient emplis de terreur. Jake et John ne valaient guère mieux. Aiden se demanda pourquoi il les avait laissés le maltraiter si longtemps.

— S'il te plaît ! couina John.

— Ne nous fais pas de mal ! rajouta Jake.

Aiden eut envie de les écraser et de leur faire subir ce qu'ils infligeaient aux critters. Il crispa les poings. Le filet magique se resserra. Les brutes s'agitèrent et lâchèrent des cris de panique. La rage emplissait Aiden. Alfie rugit et beugla des insultes.

Aiden se força à le regarder. Il pouvait le tuer, là. Mais s'il succombait à sa colère, il ne vaudrait pas mieux que lui. Dans quelques années, il aurait pris la place d'Alfie. Comme lui, il aurait sa cour de lèche-bottes et comme lui, il terroriserait les plus faibles que lui. Il arpenterait les *pubs* et les rues de Londres, il se complairait dans la boue et la misère. Il tuerait pour l'argent et pour le plaisir.

Aiden ne voulait pas devenir comme lui. Jamais. Il décrispa les poings. La rage reflua, le garçon respira mieux. Il fixa Alfie, Jake et John qui se débattaient toujours, prisonniers de son filet magique. D'un geste il les libéra. Les trois tombèrent lourdement à terre. D'une flexion du poignet, Aiden attira à lui la neige sur le sol et les toits voisins et l'envoya sur ses assaillants. Douchés par la poudreuse, ils le fixèrent, incrédules.

— T'as… T'as activé tes pouvoirs ? éructa Alfie.

Aiden regarda ses mains, qui irradiaient d'une chaude lumière dorée, celle du dragon des souterrains.

— Non, mais quelqu'un l'a fait pour moi…

Il fixa les trois brutes. Il lisait leur peur. Autant en profiter.

— Votre carrière de chasseur s'arrête ici et maintenant. Vous allez jeter votre matériel et vous trouver un nouveau boulot. Les critters sont sous ma protection. Si jamais j'apprends que vous continuez à les tuer, vous aurez affaire à moi.

Les trois l'observaient sans y croire, les yeux écarquillés par la peur.

— Me suis-je bien fait comprendre ?

— Oui, oui, couina Alfie.

— Parfait. Maintenant, tirez-vous ! gronda Aiden.

Sa voix résonna soudain de manière étonnamment caverneuse et profonde. Les autres ne demandèrent pas leur reste et s'enfuirent aussi rapidement que leurs jambes pouvaient les porter. Avant de disparaître à l'angle de la rue, Crazy Alfie lui lança un regard terrorisé qui l'emplit d'une joie sans nom. Plus jamais il ne serait la proie de ces brutes. Grace avait raison, il aurait dû leur tenir tête depuis bien longtemps.

Aiden étudia ses mains, toujours drapées de cette lumière dorée. Il serra les poings, la lueur s'évanouit. Pas définitivement, non. Aiden sentait que quelque chose s'était activé en lui. Il regarda autour de lui. Les couleurs lui paraissaient plus vives, les odeurs plus intenses. Il rejeta la tête en arrière. Des murmures lui parvenaient. Des critters s'étaient approchés pour l'observer. On chuchotait, on s'extasiait de ce prodige. Aiden sourit et les salua d'un grand geste, auquel les créatures répondirent avec enthousiasme.

Ils avaient besoin de protection, de quelqu'un qui les comprenne et qui dise au reste du monde qu'ils n'étaient pas des nuisibles et qu'il fallait cesser ces massacres aveugles. Aiden étudia cette assemblée et se promit de tout mettre en œuvre pour devenir cette personne, tout comme il se jura de ne jamais abandonner Grace. S'il devait prendre un bateau pour les Indes, pour aller la chercher, il le ferait.

Aiden enfouit les mains dans les poches et repartit chez lui, son corps bouillonnant de sa magie nouvellement acquise. Il se sentait bien, il se sentait fort. La marque que le dragon avait apposée sur lui, son cadeau, lui prodiguait une douce chaleur.

Lorsqu'il arriva dans la cour de la pension, un large sourire étirait ses lèvres. Doreen, qui fumait la pipe sur le pas de la porte, le regarda avec surprise.

— Aiden ? Je croyais que tu voulais aller faire un tour ?

Le garçon sortit la main droite de sa poche et appela ses pouvoirs. Un courant parcourut son corps et sa paume se drapa de flammes dorées. Doreen en laissa échapper sa pipe.

— Alors celle-là…, marmonna-t-elle.

Aiden éclata d'un rire clair et joyeux.

— Dites, Doreen, vous savez à quelle date se tiendra la prochaine session d'entrée au Collegium ? Je pense qu'une carrière de magicien m'attend…

Remerciements

Ce roman a commencé comme une simple nouvelle. Comme beaucoup de mes projets, il n'en n'est pas resté là et a donc pris de l'ampleur pour évoluer en trilogie.

Je n'aurais jamais réussi sans mon équipe de bêta lecteurs : Rachel Fleurotte, Brice Teissier, Raccoon, Iphégore Ossenoire et Anna Combelles. Merci pour vos conseils avisés et éclairés !

Merci aussi à mon compagnon Aurélien, qui supporte sans broncher mes lubies d'écrivaine.

Du même auteur

La Ligue des ténèbres

Tome 1 : La Tédesplen, 2015
Tome 2 : L'Union des parfaits, 2016
Tome 3 : L'Appel, 2017

Kerys
(Hydralune)

Tome 1 : Ceux du mercure, 2017
Tome 2 : Ceux du dehors, 2018
Tome 3 : Celles dont le nom fait frémir, 2019
Nouvelles de Kerys, 2017

« L'Urne de Râ », dans *Contes et récits du Paris des merveilles*, Bragelonne, 2019

Table des matières

Ce livre est une pure fiction. Toute ressemblance avec des faits réels ou des personnes existant ou ayant réellement existé serait donc purement fortuite.

Ce livre est également disponible en ebook.

33, rue du Châtenay, 85120 La Châtaigneraie
www.auloup-editions.fr

Illustration de couverture : © Sarah Feruglio

Achevé d'imprimer en septembre 2019
en France par Sepec Numérique.

ISBN 979-10-93950-73-0 - Dépôt légal : septembre 2019.

Loi n°49-956 du 16 juillet 1949 sur les publications destinées à la jeunesse modifiée par la loi n° 2011-525 du 17 mai 2011.

IMPRIM'VERT®